허영만의
커피한잔
할까요?

2

허영만의

커피 한잔
할까요?
2

허영만 글, 그림 | **이호준** 글

위즈덤하우스

박석
2대커피의 주인.
책임지기 싫어서
결혼도 안 했다.
커피 하나만큼은 자신 있다.

강고비
2대커피의 신입생.
커피에 대한 열정으로
똘똘 뭉쳤다.

김선생
박석의 여친.

만화가 **미나**
이제나저제나
뜨기만을 염원하는
3류 만화가.

평론가 **초이허트**
카페의 운명을 좌지우지할
만한 커피 평론가.

2대커피 단골 **정가원**
꿈을 위해 대학 진학을
포기하고 알바 중인
고등학생.

차례

··· 9화 ···
손님의 취향

카푸치노…
거품 빼고 주세요.

예?

제가 거품을
싫어해서요.

카푸치노는
거품이
생명인데…

그럼 라테를
드시죠.

아뇨.
카푸치노로
주세요.
제가 카푸치노
마니아거든요.
참, 시나몬 가루는
꼭 뿌려주세요.

아메리카노
드립으로
부탁합니다.

예?
아메리카노는
에스프레소를
물로
희석해서…

아 참, 거 말이 많아.
드립으로
주라니까요!

잠깐만요.
이거 혹시
생크림…

예.
에스프레소
콘 빤나에는
생크림이
올라갑니다.

어머나. 이런…
에스프레소 마키아토를
시킨다는 게 그만…
미안한데 바꿔주세요.

예?

에스프레소 콘 빤나(espresso con panna): 에스프레소에 거품 우유 대신 생크림을 올린 커피다.

8

아…

그러니까…

아메리카노?
라테?

아~ 뭘 먹지?

어헝!

으르렁!

야! 빨랑
결정하라고!

뭔
얘기야?

요새는
아이스
음료가 인기
좋습니다.

아이스요?
그럴까?
아이스 뭐가
좋을까요?
아이 참.
뭘 먹지?

주문하신
에스프레소,
아메리카노
나왔습니다.

턱

끄억

쪼르르

아니!
왜 섞으시죠?

쪼르르르

황금 비율
소주와 맥주
일 대 삼!

원샷!

크허~

삐약

이 컵
저 주시면
안 되나용?

아,
곤란합니다.
죄송합니다.

아~ 아쉽다.
할 수 없지, 뭐.
꿩 대신 닭이야.

끼이잉

앗! 스푼!

커피가 식었어요.
바꿔주세요.

예. 바꿔
드리겠습니다.

이번엔
너무 뜨겁네.

다시 바꿔
드리겠습니다.

까다로운 손님도
문제는 아니다.
문제는… 문제는…

여기 개안채?

!

커피라고는
봉지 커피밖에 모르는
십장이 여기는
언제 와봤나?

오늘 처음이다.

그런데 좋은지
어떻게 아세요?

척하모
척이제!

들어온나!

이 꼴로?

!

시간 읎다!
후딱 묵고 가자!

어… 서…
오세… 요.

저기
자리 있네.

요를 새로 보강해야 하는 기라.

아. 예.

메뉴 여기 있습니다. 천천히 고르세요.

커피 세 잔!

예?

메뉴판을 보신 후에…

커피 돌라카이!

어떤 커피 말씀이세요?

걍 커피! 커피믄 다 똑같은 기지 무슨…!

그래도 드시고 싶은…

그냥 커피 달라잖아요!

거 말 되게 씁히네.

그럼 드립커피로
드리겠습니다.

취향이
없는 손님은
더더욱 버겁다.

여를
보강하고
쎄멘질해라.

예.

기댕건설

커피 열매
따러
갔나?
와 이리
안 나오노?

잠시만 기다리세요.
드립이라 시간이
좀 걸립니다.

무신 보약 내리나.
후딱 주라!

늦어서
죄송합니다.

이 집 커피
기다리다가
몇 죽었지요?

좀 더 빨리 커피를
드시고 싶다면
에스프레소를
주문하셨다면
좋았을 텐데…

에스프레소?
그 째마헌 잔에
마시는…
그거는 나도
들어봤네요.

와~
그런 것도
아세요?

십장
고스톱 쳐서
딴 줄 아나?

예. 맞습니다.
에스프레소는 영어로
익스프레스. 즉,
빠르다는 의미입니다.

그라믄 이건 뭔교?

드립커피입니다.

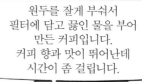

원두를 잘게 부숴서 필터에 담고 끓인 물을 부어 만든 커피입니다. 커피 향과 맛이 뛰어난데 시간이 좀 걸립니다.

거 디지게 복잡하고 까다롭구마.

하여튼 모 다 같은 커피 아잉교?

예. 천천히 드시면서 취향에 맞는 커피 찾아보세요.

옷 고르는 것도 아인데 무신 취향꺼지…

니 취향은 어떤 거야?

시끄럽다!

그래도
다들 드셨네.

보득

보득

기이잉

아니?
갑자기 웬 카페?

그동안 제가 접대에
소홀했다아이요.

들어갑시다.

또 오셨네요.

당신 여기
단골이야?

우리 집 커피가
입맛에 맞으셨나
봅니다.

오늘은
그 뭐라카노
거 빨리
나오는 걸로
주이소.

에스프레소
말입니까?

아, 그… 익스프레스 그거요.

우리는 시간이 금인께 후딱 마시고 가믄 좋다아이요.

근처에 현장이 있으신가 봐요?

저리 쪽 가모 현장이 있심더.

고비야, 에스프레소 두 잔.

그냥 봉지 커피나 마시지.

에? 이기 뭐꼬?

잔이
코딱지만 허고…

맛은 와 이리
씁노!

에스프레소는
원래 쓴 커피예요.

미리 설명 안 하고 뭐했노!
우리가 커피 무러 왔재
한약 무러 왔나!

이렇게 쓴 커피를
이태리 사람들은
제일 좋아합니다.

아따,
그 인간들
입맛 희한허네.

이 에스프레소를
바탕으로
다양한 커피를
만들 수 있는데
다시 해드릴까요?

무신 커피를
맹글 수
있능교?

라테

카푸치노

아메리카노

우야튼지 간에
씹은 거 마셔서
입 안이 얼얼하니께
좀 달달한 거로
맹글어보소.

그럼
캐러멜 마키아토를
준비하겠습니다.

그 전에 이 에스프레소도
설탕 한 스푼으로 또 다른
맛을 느낄 수 있는데
넣어보시겠어요?

그라입시더.

설탕이
서서히 녹죠?

이제 천천히
드셔 보세요.

!!!

!!

!

요 꼬롬하네~
첨에는 사약맨키로 썹드만
인자는 햇바닥이 달달하네…

다행입니다.
캐러멜
마키아토를
곧 내오겠습니다.

에스프레소는
서비스입니다.

아입니더.
그카몬
안 됩니더.

우리 집 커피를
이해해주신 것에
대한 제 작은
배려입니다.

아따 억수로
친절하시네.

혹 현장으로
배달도 되능교?

죄송합니다.
그건 좀…

아니 저 총각
밸시리 헐 일도
없는 것 같구만…

삐약

파아%

파아%

툴

툴

파아%

이게 무슨
꼴이야!

아! 왔대이!

봐라! 봐라!
쪼매 숨 돌리고
일해라!

씨원헌 특급
아이스커피
왔대이!

어따~
시원하니 좋네.

쪽
쪽

다방 커피가
훨 낫지 않나?

시원한 맛에 묵지
이 씹은 맛은
영 안 내키네.

촌빨 날리기는!
줄 때 무라!

여기 하나
남았는데요.

거 그늘에 놔나라.
쫌따 묵는다.

얼음이 녹으면
맛없어요.

순하면 순한 대로
맹하면 맹한 대로 묵지
와 그리 따지는 게 많노?

툭

기왕이면
맛있게 드셔야죠.

이 커피 한 잔을
만들기 위해 얼마나
많은 시간과 정성이
들어가는지 아세요?

집 짓는 건 맨입으로
하는 줄 아나?
기초 닦고 공그리 허고
철근 박고 벽돌 쌓고
쎄멘 문때고 도배하고…
내만치 아나?

커피는
니맨치
모른다.
우짤긴데?

자세가
안 돼
있으셔.

선생님, 여기 물이요.

고비야.

예.

손님은 왕이라는 말 있지?

제가 잘못했습니다.

난 그 말 제일 싫어한다.

!

그렇죠? 선생님, 아니 어떻게 왕이에요? 손님은 손님이지.

하지만…

손님 취향에 휘둘리는
바리스타를
더 싫어한다.

아무거나
라는
주문도 손님
취향일 수
있다.

그런데
그 아무거나에
휘둘리는 순간
바리스타는
개성을 잃고
카페는 생명력을
잃는다.

손님에게
네 개성을
설명할 수
있어야 해.

그래서 설득이
되면 좋고
그래도 설득이
안 된다면 그때는
포기하는 거야.

모든 입맛을 맞출 수는 없어!

넌 프로야.

프로는 자기 개성이 확실해야 하며 반대편이나 아무것도 모르는 손님의 취향을 이해하고 예측할 줄 알아야 한다.

그건 폭넓은 경험을 통해 정립되는 거다.

물론 그 경험 속에서 네 개성에 대한 원리, 원칙을 정해야 하고 손님을 단골이 되게 하려면 네 개성과 취향이 절대 흔들리지 말아야 한다.

단, 그렇게 되기까지는 시간이 필요해. 조바심 내지 마라.

명심하겠습니다.

벌컥
벌컥

아, 시원하구나.
나 먼저 나간다.
정리 잘해라.

예.

기이잉

마무리하는
중이구먼.

깜짝이야!

30

어쩐 일이세요?

오늘 낮의 일 사과할라꼬…

배달험서 자존심 상했을 낀데 내캉 너무 심했제.

사과는 거리가 가까울수록 좋습니다. 들어오세요.

작업복은 갈아입었지만 신은 흙투성이다.

청소가 끝났는데 그라모 되나?

괜찮아요. 들어오세요. 커피 한잔 드릴게요.

툭

참말이가?

다시 하면 되죠, 뭐. 이쪽으로 앉으세요.

드록

하루 일 끝나고 정리하는 기 젤로 귀찮재?

그래도 해야죠. 먹는 걸 만드는 곳인데 더러우면 안 되죠.

일 다 하고 가다가 용기내서 들릿다.

용기까지야… 그냥 들어오시면 되는데…

그렇지 않아.

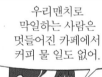

우리맨치로 막일하는 사람은 멋들어진 카페에서 커피 물 일도 없어.

거 있다 캐도 꾸질해가 있으면 꼬라보는 눈쌀에 견디기 어렵다.

결국 젤 편하게 마실 수 있는 공간은 공사 현장이나 식당 커피자판기라고.

요 꼬라지로 드가면 민폐인 거 안다. 한 번썩은 내 집맨치로 편케 묵고 싶을 때가 있다아이가.

우리 집 커피 마실 만했어요?

건물을 지어보면 안다.

탄탄한 기본은 배신 안 한다.

커피도 결국 음식이고 그 음식을 만드는 장소와 도구를 깨끗하게 닦는데, 당연히 최고 아이겠나.

감사합니다.

아이다. 무슨 내가 고맙지. 커피를 이래 자세하고 친절하게 설명해주는 곳은 처음이었다.

커피 드릴까요?

응.

어떤 커피로요? 에스프레소?

에스프레소는 솔찌 아직 아이고… 음…

아무거나!

이건 일부에
불과해요.

똑같은 원두를
여러 가지 방법으로
내려 드릴 테니까
취향을 찾아보세요.

천천히
음미하세요.

어떠세요?

와따마…
똑같은
원둔데 맛이
와 이래
다 다르노!

가장 입맛에
맞는 것이 어떤 거죠?

이거.

이거.

고노 클레버네.

어떤노?
내 선택
괜찮았나?

맞고 틀리고의
문제가 아니에요.

아저씨만의 취향인데
누가 뭐래요?

36

아따 희얀하네.

저도 신기해요. 공사 현장에서 거친 음식 잡수시면서도 맛을 알아내시다니요.

커피 전문점에 가셔서 주문할 때 또 아무거나라고 하실 건가요?

아니야! 아니야!

하하하!

하하하!

취향은 옳고 그름의
문제가 아니라
다름의 문제다.
다름은 틀림과 다르다.
틀린 것은 고쳐야 하지만
다른 것은 즐길 수 있다.
커피 취향도 다르지 않다.

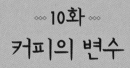

10화
커피의 변수

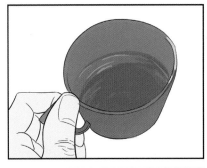

이건
쓰레기다!

쏴악

덕분에
난 오늘
쓰레기 같은
평론을
했다!

쓰레기 커피가 묻은
내 커피 잔도
쓰레기가 됐다!

팍

내일은
진짜 커피를
마실 수
있게 되길!

정가원!

들어가지 않고?

아, 예… 김 선생님. 사장님이 계시나 보려고…

계셔. 들어와.

두 잔 중 어느 쪽이 맛있는지 골라 봐.

블라인드 테스트인가?

같은 원두쥬?

같은 원두, 같은 드리퍼로 내린 커피인데 왜 맛이 다르지?

분명히 뭔가 있어.

분명히 뭔가 있어.

!

난 오른쪽이
좋은데.

저도
오른쪽입니다.

저도 오른쪽요.

전 왼쪽유.

삼 대 일이라…

예상대로군.

자기야,
우리를 모아놓고
왜 이러는지 말해줘.

세 명이 선택한 오른쪽 잔은 로스팅한 지 2주 된 원두고 왼쪽 잔은 5일 된 원두야.

!

!

새로 들여온 생두 로스팅 포인트 잡는 중?

말도 안 돼유! 2주가 지난 원두가 이런 맛을 낸다고유?

톡 톡 톡

SNS에 올려야지. '2주 된 원두가 더 맛있다.'

거짓말유! 맛있는 커피의 첫째 조건은 갓 볶은 신선한 원두잖유!

꼭 그런 건 아니야. 잘못 알려진 상식이야.

원두 표면의 오일도 마찬가지지.

흔히 원두에서 오일이 흘러나오면 산화가 빨라서 맛이 별로라고 하지만 보관만 잘하면 얼마든지 맛있는 커피를 즐길 수 있어. 오히려 그 기름기를 즐기는 사람들도 있다니까.

커피는 변수와의 싸움이다.
그 변수를 효과적으로 통제해야
커피를 즐길 수 있지.

멋져!
고비 오빠,
그렇지?

…

사실 5일 된 커피도
나쁘지 않았어요.

다만 2주짜리 커피의
완숙미가 너무
훌륭했을 뿐이라서…

자기야, 진짜
2주 된 커피를
팔 생각이야?

빨리 안 팔리면
재고 부담이
만만치 않을 텐데?

맞유.
손님들이 좋아허지 않을 규.

그래서 2주 지난 원두의 맛을
3주까지 유지할 수 있도록 할지
아니면 5일째에 그 맛을
보도록 할지 계속 샘플 테스팅을
해보는 중이야.

각각의 병에
로스팅 날짜를
기록해놨어.

고비도 수시로
맛을 체크하고
내게 의견을 말해줘.

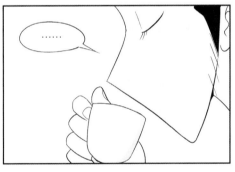

……

방금 아이디어가
생각났는데…

뭐냐?

저 품정 바
왔전
거여…

아직은 확신이
안 서요. 나중에
말씀드릴게요.

변수를 통제하기
위해서는 경험이
필요하다고
얘기했잖느냐.

그 경험은 시간이 필요하다고도 얘기했고… 조바심 내지 마라.

변수를 통제하는 것은 경험보다 데이터가 더 효과적이지요.

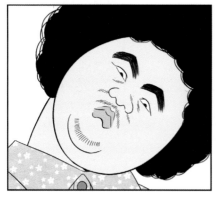

오랜만이군.

누구죠?
저 느끼남.

초이허트!

예? 대박!

누군데?

커피 블로거!

톡
톡

난 또…

팽

아니야. 오빠, 초이허트는
어중이떠중이 블로거가 아니라고.
파워 블로거 중에서도
초 울트라 짱 파워 블로거야.

파다닥

!

앞으로 와인의
로버트 파커
같은 인물이
될 가능성이
크다고 해.

저 사람
글 한 줄에
카페의
운명이
걸려 있대.

실물은
처음 보는데
별로군.

49

그런데 이름이
초이허트? 교포야?

아니,
국산.

별명은
삐딱이.

킥!
피해갈 수 없는
별명이구먼.

어쩐 일이야?

턱

맛있는 커피 한잔 하려고요.

슥

오늘은 네 모금이 남았습니다.

어떤 걸로 할까?

방금 블라인드 테스트를 한 2주 된 커피!

어떻게 알았지?

SNS!

헉! 뭐야! 벌써!

자기 SNS 친구도 몰라?

아직 손님용은 아니야.

걱정 마세요. 저도 나름 엄격한 룰을 바탕으로 글을 쓰는 사람입니다.

안 쓴다는 말은 안 하는군.

알았네.

시건방!

남자 친구가 없어도 저런 스타일 싫어!

원래는 국내 바리스타 대회를 석권한 전도유망한 사람이었대.

실력과 감각, 미각이 타의 추종을 불허할 정도로…

그런데?

바리스타로 치명적인 약점이 있었는데 카페인을 섭취하면 잠을 못 잔대.

!

초반에는
기를 쓰고 버텼는데
결국 수면 부족으로
고생하다 자진해서
병원에 들어갔다는
말이 있어.

그 후로 한동안
소식이 끊어졌다가
최근에 다시
나타난 거야.

커피를
마시지 못하는
커피 블로거?
총도 없이
전쟁터에 나가는
꼴이구먼.

오후 2시 이전에
한 잔 마시는 건 된대.
그 한 잔을 열두 모금에
나눠서 마신대.

만약 커피가
마음에
들지 않으면
다 마시지 않고
다른 커피를
찾아간대.

그러니까
하루에 한 잔 또는
열두 모금의 커피를
마시는 거지.

선배 중에 커피를 못 마시면서 커피 만화를 그리는 사람이 있어.

누구?

허영만.

그런 얘기하면 이런 말 한대.

각시탈 만화를 유단자라서 그린 줄 아냐?

켁!

그럼 우리 2대커피를 평가하러 온 거구나. 이런 건방진…

그나마 2대커피 평가는 후한 편이야.

아무튼 난 저 사람 별로예요. 안하무인격 글 스타일이 싫어요.

고비야, 갖다 드려라.

54

저벅

저벅

저벅

덜커

출렁

조심해.
커피 잔의 커피가 출렁이면
내 마음도 출렁거려서
제대로 커피를
느낄 수 없다고.

죄송합니다.
사람이
그렇게 쉽게
출렁이는 줄
몰랐어요.

말대꾸!

무릎이라도 꿇을까요?

기우뚱

킥

내가 그저 그런 블로거지들처럼 보이나?
말뜻도 모르고 사람 보는 눈도 없는
초짜 바리스타 같으니…

됐어. 가봐.

흭

뭐… 이런!

저쪽에
자리 있네.

!

아.

복잡하지 않아서
좋다, 얘.

예.

고비야,
손님 모셔라.

어허!

콸
콸
콸

뭘 드시겠어요?

어머!

턱

턱

죄… 죄송해요.
못에 찔린 엉덩이가
몹시 욱신거려서…

자기야, 저런 사람에게
커피 줘도 되겠어?
분명히 뭐라고
쓸 텐데…

안 주면 자신 없어서
안 줬다고 쓸걸?

무슨 커피가
있어요?

어머,
예가체프 있다.
이것 마시자!

쉬잇!

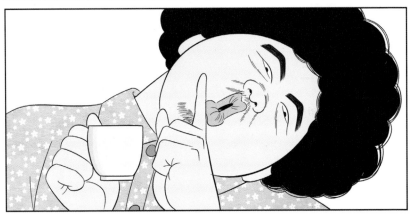

별꼴!

자기 혼자
전세 냈나?

……

여기요~!

!!

예가체프 커피가
뭐 이렇게 신맛도 없고
밍밍해요? 이거 진짜
예가체프예요?

신맛이 아니라
산미입니다.

그쪽은
신경 꺼요!

예가체프의
코체레(kochere)라는
지역에서 생산된
G2 등급의
생두입니다.

가공
방식은
워시드.

이번에 온 생두는 지난번과 달리
단맛이 풍부하게 느껴져서
산미와 단맛이 적절하게
어울리도록 로스팅을 했습니다.
그래서 산미보다 바디감이
더 강하게 느껴질 겁니다.

워시드(washed): 커피를 가공할 때 체리를 물에 담아 24~36시간 정도 발효시키는 방식.
발효로 인해 맛과 향이 풍부해진다.

됐고요.
예가체프면 예가체프지.
그 뒤에 붙는 게
뭐 그리 많아요?

아무튼 신맛이 강한
예가체프 주세요.

산미라니까!

이런 평범한
커피 마시려고
비싼 돈 내는 것
아니라고요.

괜히 아는 척하지 말고
사장님의 의도를
이해하려고 노력해봐요.

어!

덜컥

꽃향기에 오렌지 산미와
단맛이 어울려 옹골찬
바디감과 진한 여운까지
남기고 있어.

예가체프의 또 다른 진면목을 느끼게 해주는 아름다운 커피인데, 뭘…

결론은 커피가 문제가 아니라 당신들이 쓰레기라는 거야!

지… 지금 뭐라고 했어?

그리고 언제 봤다고 반말이야!

나 격투기 선수야!

막말을 하니 반응이 오는군.

그거 알아? 커피 한 잔이 나오는 과정에서 당신들을 속일 방법은 대충 생각해도 쉰 가지가 넘어.

그만하지. 초이!

선배님이 할 말 제가 대신하고 있습니다.

이런 손님들 짜증 나잖아요. 쥐뿔도 모르면서 커피 맛 운운하고 까탈이란 까탈은 다 부리고…

선생님께서 그만 하라시잖아요!

영업을 도와주는 거야.

아닌가요? 선배님.

죄송해요. 제가 SNS에 올려서…

잘 들어. 예가체프는 우리나라로 따지면 도야. 코체레는 군이고.

거기서 생산되는 생두도 많은 특성이 있는데 예가체프하면 산미라고?

하하하! 오래간만에 웃는군!

참 G1, G2는 결정두 크기 및 개수의 차이 라는 건 알고 있지? 당신들에게는 별 의미도 없는 등급이지만… 워시드는 가공 방식이야.

아무튼 그 얕은 지식이 커피 문화를 망치는 거야. 가짜가 진짜 행세를 하게 만든다고!

손님 대접 이렇게 해도 되는 거야? 손님은 왕이잖아!

참아! 참아! 너 빵 나온 지 며칠 됐다고 이래!

손님은 손님일 뿐!

그만 말려요!

선배님, 2대커피 정도면 이제 손님을 가려 받아야 하는 것 아닙니까? 커피가 아까워요.

나가자!

커피 한잔 마시러 왔다가 별 거지 같은 꼴 다 보겠네!

에잇! 여기 다시 오나 봐라!

어!

당신 때문이야! 당장 나가요!

나가라는데
왜 앉아요!

턱

결국
식어버렸네.

젠장.
한 모금
남았는데…

당신은 커피 마실 자격이
없는 손님이야.
경찰 부르기 전에 나가!

난 손님이 아니라
평론가야.

평론가는
무슨 짓을
해도 괜찮아?

평론가가
깡패야?

내게 주어진 평론가로서의 권리를 행사하는 것뿐이야.

설마 내가 고깃집에서도 똑같은 행동을 할 거라 생각하나?

평론가도 예의가 있어야지. 당신은 내게 무례한 손님일 뿐이야!

후후… 지금 자기를 바리스타라고 소개하는 건가?

그래! 당신이 어떻게 생각하든 난 2대커피의 바리스타 강고비다!

혼자 뻐기는 건 남이 볼 때 아주 불편해.

2대커피의 바리스타로 인정받고 싶으면 설득을 해봐!

뭐! 뭐!

말이 아닌 커피로!

선배님, 이 커피…
2주 된 원두 장점이야
수두룩하게 나왔을 테고
약점이라면 뒷맛에 살짝
군내가 느껴지는군요.
여운이 아슬아슬한 상태라
전 별로였습니다.

아무래도
선배님 체력이
떨어진 것
같아요.
그러면
집중력도
떨어지지요.

정확해!

아무튼
오늘 마신
커피 중에서
가장
무난했습니다.
저는 이만.

턱

!

앉아!

설득해보라며?

음… 아직 10분과 한 모금의 여유가 남아 있군.

못 말려 정말.

만화 스토리다. 저자.

나 때문에… 아, 어쩜 좋아.

고비야.

칼보다 무서운 게 글이다.

칼로 생긴 상처는 금방 아물지만 글로 생긴 상처는 치료가 어렵다.

초이의 글이라면 더욱더!

턱

선생님, 부족하지만 제가 해보겠습니다.

혹시 아까 말했던 아이디어?

예.

시험 대상으로 초이는 무리야!

저 사람이 정확한 평가를 해줄 테니까 더 좋은 기회일지도 모르죠.

어떻게 하려고?

일주일 지난 원두를 고노 드리퍼로 내릴 겁니다.

뿅

더구나 네 실력으로 고노 드리퍼를…

연습 많이 했습니다. 믿어주세요.

알았다.

너에게 허락된 건
오직 한 모금뿐이다!

딸칵

딸칵

딸칵

딸칵

점드립!

고노 드리퍼는 리브가 짧아서 숙련되지 않으면 굉장히 까다로운데!

리브(rib): 드리퍼 내부의 요철. 물을 부었을 때 추출액과 공기가 빠져나가는 통로.

고비야, 추출 시간이 길다.

쿠우우

쿠우우

덜컥

!

도로 가져가!

흐릅

아직 1분 남았어!

마셔보나 마나야.
추출 시간이
너무 길었어.

과다 추출로
탁하고 쓴맛이
강할 게 뻔해.

혀끝에
거친 느낌을
남기고
싶지 않아.

너무 맛있어서 당신 인생 최초로
열세 번째 한 모금을
마실지도 모를 일이지.

난 남겨진 10분 안에 당신의 한 모금을 위해 최선을 다했어.
그걸 마시고 안 마시고는 당신 선택에 달렸다.

하지만 평론가라면
바리스타의 성의를 봐서라도
한 모금쯤은 마셔줄 만하지 않아?

턱

애걸을
하는구먼.

덜컥

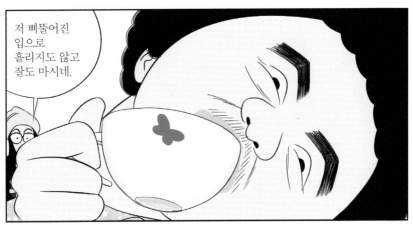

저 삐뚤어진 입으로 흘리지도 않고 잘도 마시네.

원두커피의 단점만 모아놨군. 최악!

이만!

단점이 뭔지는
알려줘야지!

한 가지만!

물 온도가 낮아!

맞아!
83도로 했지!

!

미쳤군.
아니면
바보든가.

나머지 단점은 내일
내 블로그에 놀러 오면
볼 수 있을 거야.

기이잉

잠깐
기다려!

쥬르륵

내가 왜 당신한테
이런 커피를
대접했는지 의미를
잘 생각해봐!

선생님,
나오셨어요?

2대커피

응.
잘 잤어?

혹시 어제
초이가 마시던
커피 잔
못 보셨어요?

덜컥

엑?
거기 있었군요.
씻으려고 한참을
찾았는데…

77

하하하!

하루 묵힌 탓에 맛이 활짝 열렸군!

내가 왜 이 생각을 못했을까! 이 원두는 더치커피에 적당했던 거야!

더치커피(Dutch Coffee): 차가운 물이나 상온의 물을 한 방울씩 떨어뜨려 추출한 커피. 네덜란드 상인들이 만들어 더치커피라고 한다.

네가 말한 아이디어가 이거였어?

예. 시간이 지나면 분명히 맛이 좋아질 것이라는 확신이 있었지만 당장 초이에게 내놔야 하니까 시간은 부족하고… 그래서 더치커피와 비슷한 맛을 내려고 했습니다.

그래서 낮은 온도에서 평소보다 긴 시간으로 커피를 내렸구나.

이제 슬슬 드립도 네게 넘겨야 할 것 같다.

앗! 아닙니다!

선생님의 원두가 있어서 가능했던 것인데요, 뭘…

또 네가 초이에게 종이 대신 사기 텀블러에 담아준 이유는 시간을 두고 충분히 즐기라는 뜻이었던 것도 안다. 넌 멋져.

쑥쓰… 쑥쓰…

초이는 그 의미를 읽을 거야.

고비야, 난 네가 초이와 잘 지냈으면 좋겠구나. 초이는 평론가일 뿐 네게 싸움을 걸려고 온 사람이 아니야.

그 인간 불쾌해요!

내가 커피 인생을 살면서 딱 한 가지 아쉬운 점이 있어.

내 커피를 정확하게 평가해주는 사람이 없었다는 것.

있었다 해도
명함만 그럴싸했지.

훌륭한 평론가가
존재한다는 것은
하늘이 내려준
축복이다.

평론 탓에
손님의 외면을
받을 수 있지만

좋은 평론은
하루 천 명의 손님이
나에게 오는 것과
마찬가지다.

아직은 선생님과
손님의 평가가
더 중요합니다.

평론가의 평가는
변수일 뿐이죠.
그 변수를 통제하려면
경험이 필요하고
경험을 쌓으려면
시간이 필요하고요.

하하하핫!
오늘 많이 웃는군!

아, 이거 왜 이리
안 올라오는 거야?

정가원!
수업 중에 그딴 짓
하지 말랬지!

예엣!
선생님!

낮은 온도의 물로 과다 추출하고
종이컵은 펄프 맛이 배니까
사기 텀블러를 사용하고…

어차피 어제
마지막 모금을 마셨으니
오늘 첫 모금에 배팅하자는
의도는 괜찮았어.

⋘ 11화 ⋙
엄마, 힘내세요. 우리가 있잖아요.

오늘도?

끄덕

북 북

이젠 이 모자가
내 몸의 일부분
같아.

요새는 일부러 머리 안 감는 게 유행이라잖아.

북북북

그 말 들으니까 머리 더 가렵다.

킥킥킥. 더러운 여자들!

아줌마! 건이 말할 때 침 튀어요!

!

으아앙! 더러어~

엥? 왜 그럼?

무이가 코딱지 파서 나한테 묻혔어어~

어휴~

첫째는 침, 둘째는 코딱지. 형제 맞구먼.

얘들아!
버스 온다!

부우웅

끼이익

건이는 동생 잘 돌보고
무이는 형 말 잘 듣고
알았지?

응.

알쩌.

사랑한다.
오늘도
즐겁게.

자, 어서 타라.

부우웅

자, 우리도 헤어집시다.

내일 봐요.

모자는 꼭 쓰고 오도록! 킥킥.

쏴아아

아이들을 위해 다니던 직장을 그만두고 전업주부를 자처한 지 5년째.

오전은 여전히 정신없이 흘러간다.

위이이잉

변화 없는 똑같은 일상.
몸이 힘든 건 참을 수 있지만
정신이 힘든 건 도저히
이겨낼 방법이 없다.

아이들 곁에는 엄마가 있어 주는 것이
최고라고 하지만 난 지쳐가고 있다.

혼자 먹는 점심.
반찬 따위는 신경 쓰기도 싫다.

사람들은 남편이 벌어다 준
돈으로 살림하고 애 키우는 게
뭐가 힘드냐고 말하지만
그건 로또 일등 당첨되면
무조건 행복해야 한다는 것과
같은 말이다.

덜그럭

그나마 나에게
위안을 주는 건
커피 한 잔.

엑!

작동이 안 돼?
봉지 커피도
없는데.

까똑

건이 엄마,
밥 다 먹었으면
커피 한잔 어때?

턱

편안한 시간 보내세요.
존경합니다.

예?

무슨
존경까지?

이 세상의 모든
어머니는 존경받을
자격이 있습니다.

어머.
고맙습니다.

기분이
좋네요.

아~ 난 이 시간이 제일 좋더라.
집안일 끝내고 남편, 아이 내보내고
오직 나만 존재하는 시간…

이 시간에
커피 한잔
못하면
하루가 허망해.
그치?

위로의
커피인가?

커피한테
위로 그만 받고
우리 여행 가자!

여행? 그게
뭐하는 건데?

일주일에
찜질방 한 번이라도
마음 편히 갔으면
소원이 없겠다.

우리가 무슨 영광을
본다고 이 고생일까?
아무도 알아주지 않는
주부 생활…

우리한테도
휴식이 필요하고!

휴식은 알아서
찾아 먹어야지!

에이~
애들 놔두고
어딜 가.

그래.
내가 없으면
밥도 못 먹고
출근도 못 하고
빨래도…
설거지도…

그럴 것 같지? 여행 가봐라!
자기들끼리 신난다고
파티할 거다! 파티!

아무튼 너무 갑작스럽고… 무리야.

난 결심했어! 나한테 상을 줄 거야! 여행이라는 상!

다들 못 간다고 해도 나 혼자라도 갈 거야!

힘들고 잡념이 많이 들 때는 무조건 떠나야 되는 거야!

배짱 좋다.

말씀 중에 죄송한데 이것 한번 해보실래요?

커피로의 여행입니다.

드립커피가 잡념 날리기엔 최고죠.

한 번도 안 해봤는데…

한번 해보세요. 저도 스트레스 받을 때는 무조건 드립커피를 내린답니다.

그러면 무념무상이 되면서 무거웠던 마음이 가벼워집니다.

제가 한번 해볼게요!

간단합니다. 이렇게 드립 포트를 세팅해서…

어머! 건이 엄마 표정 봐! 짜증이 없어졌어!

쉿!

천천히…
예, 잘하시네요.

참,
커피 교육도
하시죠?

예.
선생님께서
초급반을
개설하셨
습니다.

저녁 8시,
일주일에
두 번.
화, 목.

아유~
8시에는 좀…
오전 시간은
없나요?

죄송합니다.
가게가 협소해서
영업시간 중에는
무리입니다.

어떡하지?

저질러버려!

와
와
와

휴우. 이제야 잠들었네.

탁

에이, 이것 좀 치워주면 큰일 나?

와
와
와

지금 야구 보잖아.

에구구. 정리는 일단 커피나 한잔 마시고 하자.

당신도 한잔 마실래?

밤늦게 무슨 커피…

나 좀 봐. 전문 바리스타 같지?

엥? 캡슐 커피 있는데 또 산 거야?

고장 났어.

또 얼마나 하겠다고…
있는 거나 잘 쓰지.

와
와
와

내가 지금 낭비하고
있는 것처럼 보여?

솔직히 그렇잖아.
고쳐 쓰면 될 걸 왜…

내가 AS 센터 갈 시간이 있어?
아침에 당신 출근시켜,
애들 수발해, 청소에
빨래에 시장도 가야지. 내가
왜 이 모자를 쓰고 다니는데.

또 레퍼토리
시작이다.

와
와

내가 커피 기계 놔두고
왜 이걸 직접 하는지
알기나 해?

겉멋?

말 다했어!

아냐 아냐!
저 타자 얘기야!

요새 부쩍 애들한테 짜증이 늘었어. 이러다 나도 아이들도 병들 것 같아.

와

와

에이, 볼인데 방망이가 나가면 어째.

나도 나만의 무언가가 필요한데 그게 뭘까 생각하다가 오늘 드립커피를 내려보니까 마음이 편안해지더라고.

그래서 산 거야. 나를 위해서…

알았어. 오랜만에 일찍 퇴근했는데 좀 편안하게 쉬자.

와

와

싹쓸이 하나 쳐라.

똑

앗! 이거 왜 이래!

할 말 있어!

휙

!!

나 커피 수업 들을 거야. 일주일에 두 번. 화, 목 저녁 8시에 시작해.

그날만큼은 일찍 퇴근해서 애들 좀 봐줘.

그렇다고 내가 누구처럼 여행 보내달라고 하는 것도 아니잖아.

부탁할게.

……

다음 날

와이셔츠! 와이셔츠!

지금 입고 있잖아!

!!

오늘 화요일이야. 첫 수업!

부우웅

정말
여행 간
거야?

아니. 그걸로 싸우고
친정집 갔대.

아이고, 용감해. 어떻게
애들을 놔두고 나가?

난 알 것 같아.
그 간절함…

엄마!
얘 없는 동네로
이사 가면 안 돼?
또 내 옷에
코딱지 묻혔어!

조그만
코딱진데
소리칠 건
없잖아!

나한테
말하지 마!
침 튀어!

툇툇툇!

이러니 떠나고 싶지.

7시 50분인데
왜 이리
안 오는
거야?

102

까똑

!

미안! 오늘
이사님과 식사다

!!!!!

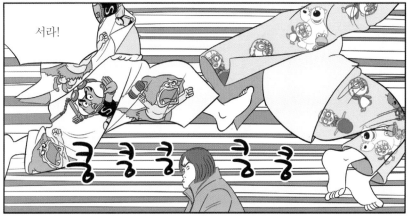

서라!

쿵 쿵 쿵 쿵 쿵

나는 또봇이다!

나는
티라노킹이다!

앗!

으하하!
이겼다!

빠직

장난감
제자리에
갖다놓고
자

덜컹

애들아!
아빠 왔다!

너희들 좋아하는
아이스크림 사왔지~롱!

까똑

5분 후 도착이니까 어서 나가.

빙봉 빙봉

틱

웬 벨은···

고마워. 나 빨리···

덜컹

다 오셨나?

한 분이 아직입니다.

시간 지났습니다.
선생님.

그래.
시작하자.

최고의 커피란
무엇일까요?

여러분들은
최고의 커피를
마셔본 적이
있나요?

아범 출근하고 애들 유치원 가면
혼자 있는데 뭘 또 혼자만의
시간이 필요하다는 거냐?

늦바람이 무섭단다.
딴생각 말고 아범 뒷바라지
잘하고 애들 잘 키워라.
주부란 가정을 위해서
사는 사람이다.
나중에 애들 크고 나면
같이 놀자고 해도 안 논다.
그때 하고 싶은 것 다 해라.

팍삭

앗!

뭐… 뭐야!

!!!

아~ 아~ 아~

덜컹

어머니~ 저 왔어요~
건이야~ 무이야~

어? 당신, 수업 안 갔어?

딱 하나만 묻자!

내가 당신한테 뭐냐?

가정부도 이것보다 더 나은 대접을 받으며 살겠다!

일주일에 딱 두 번, 두 시간 봐주는 게 그렇게 힘든 거야?

그래서 해줬잖아.

시어머니한테 애들 맡기고 나가라는 것이 해준 거야?

갑자기 일이 생겨서 그랬어. 그래도 옆집 아줌마보단 낫잖아.

이럴 거면
내 엄마 부르지.
당신 엄마 부르는
심보는 뭔데?

난 이 집에서 뭐냐고!

엄마, 우리가
잘못했어요.
싸우지 마세요.

너희들도 다 필요 없어!

왜 좋게 말할 때
말 안 들어?
꼭 화를
내야 해?

빨리 자!

쾅

이 사람이
미쳤나!

미쳤지!
하루에 열 번도
더 미쳐!

확

덜컹

제정신으로
사는 사람이
애들 키워봐!
잘났어 정말!

어?

이 시간에 어딜 가?

왜! 난
갈 데가
없을 것
같아!

쾅

선생님, 제가
도울 일
없습니까?

그래. 금방
로스팅
끝나니까
먼저 나가라.

예. 내일
뵙겠습니다.

출렁

GREEN
DIAMOND

112

아무도
없어요?

!

아, 안녕하십니까?
건이 엄마가 원두 좀
사오라고 해서요.

별일 없죠? 수업도
안 오시고 해서
무슨 일이 있나
걱정했습니다.

살림하다
보면
다 그렇죠.
뭐…

어떤 원두
드릴까요?

아무거나
주세요.

사모님이
아프리카 쪽 원두를
좋아하니까 케냐로
드리겠습니다.

커피 한 잔
드릴까요?

아닙니다.
애들만…

아니.
에스프레소
한 잔 마실게요.
빨리 마시고 가죠.

에스프레소 잔은 왜 이리
잡기 불편하게 작은 거죠?

에스프레소 잔은
데미타세라고 하죠.
이 데미타세는 향기와 온도를 위해
모든 것을 희생합니다.

온도를 유지하기 위해서
두껍게 만들고
바닥의 한기를 막기 위해
굽이 있죠.
찻잔을 받치는 것도
같은 이유입니다.
또 내부의 부드러운 곡선은
향기를 보존합니다.

만약 바닥이나
내부가 평평하게
되어 있다면
에스프레소가 튀어서
향기가 날아가
버리게 됩니다.

이 조그만 잔에도
그런 원리가
숨어 있었군요.

잘 만들어진 데미타세에
담아 마시는 에스프레소는
아름다운 흔적을 남깁니다.

아름다운 흔적을 남긴다.

예. 장모님,
별일 없으시죠?

일은 무슨 일이요.
안부 전화 한 겁니다.
예. 쉬세요.

친정도 아니면
도대체 어디로 간 거야?

어휴, 냄새~
좀 빨지~

이게 마누라
냄새인가?

한심해.
결국 다시 집이네.

!

벌떡

엄마야!
늦었다!

우다닥

엄마! 나왔습니다!
준비하세요!

예!

뭐해? 지금
놀 시간 아니야!
유치원! 내 모자!

잠깐!

기다려
보세요.

턱

턱

커피 물이 끓습니다.
무이야, 커피 가루.

드르르르륵.

탁 탁

여기
있습니다.

꼴
꼴
꼴
꼴

자, 엄마에게
갖다 드리세요.

예.

커피 나왔습니다.

엄마가 좋아하는 나라
사자도 있고 기린도 있고… 그…
그… 그 나라에서 온 커피입니다.

아프리카.
아프리카.

뜨거울 수
있습니다.
맛있게
드세요.

설탕과
우유도
드릴까요?

아니요.
괜찮습니다.

음~ 향기가
너무 좋아요.

이리 와! 내 새끼들!

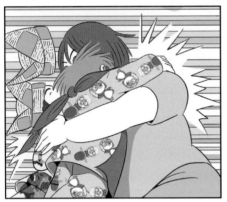

커피 맛있었어?

그럼 최고지! 최고!

엄마 화 푸세요.
엄마 말 잘 들을게요.
침 안 튀기고 코딱지 안 후비고
정리 잘하고 일찍 잘게요.

누가 키웠는지 참 잘 키웠다!

누가 키우긴 당신이 키웠지! 하하!

그런데 당신
이 시간에 집에 있어?

짤린거야?

월차 냈어.
애들 내가 돌볼 테니까
장모님이랑 제주도 갔다 와.

e-ticket →

가긴 어딜 가?
이런 커피 언제 마신다고…
하루종일 마셔야지.

혹시 리필
가능한가요?

리… 필?
형, 그게 뭐야?

다시
채워주는
거야.

예. 가능합니다.

이번에는 아프리카 말고
남미 커피를 마시고
싶은데요.

남미? 어디지?

나도 몰라.

12화

인사를 부르는 커피

어서 오세요.

혹시 스페셜티 커피 있나요?

죄송합니다. 파나마 게이샤가 떨어졌습니다.

전문점이라는 곳에 스페셜티 커피도 없냐?

요새 스페셜티 커피를 찾는 손님들이 늘었지?

그러게요.

대기업도 본격적으로 밀고 있으니 다들 스페셜티 커피, 스페셜티 커피 할 만하죠.

남 일처럼 말하는구나.
넌 관심 없냐?

저는 유행에
흔들리지 않습니다.

솔직히 말해봐.

저는 가볍게 움직이지
않는다니까요.

덜컥

덜컥

마지막 기회다.

선생님.

서울 시내 카페 중에
스페셜티 커피로
제일 유명한
곳이 어디죠?

그래서 보냈다고?

그럼 어떡해? 춤바람 난 것도 아닌데…

그런데 진짜 스페셜티가 그렇게 매력 있어?

그럴 수도 있고 아닐 수도 있고.

난 겉멋 든 것 같아 별로던데… 그 맛 차이를 알면 얼마나 알겠어?

모르는 사람도 있고 아는 사람도 있고 어느 분야나 마찬가지 아니겠어?

자기는 은근 흐리멍덩한 순간이 많더라.

암튼 호기심 많은 젊은이들이 혹할 만하지.

나도 한때 영향을 받았고…

당신같이 고지식한 사람이 설마…

나도 커피를 제대로 가르쳐주는 사람 없이 독학했으니까 당연히 영향을 받지.

커피에는 크게 세 가지 물결이 있어.

첫 번째 물결 (1st Wave)은 19세기에 폴저스가 모든 가정의 식탁을 점령하면서 시작됐지. 인스턴트 커피 시대의 개막이었어. 세계 어디에서든 누구나 커피를 쉽게 마실 수 있게 된 거야.

폴저스(Folgers): 미국의 대표적인 인스턴트 커피 회사.

두 번째 물결 (2nd Wave)은 1960년대 다크 로스트를 하던 샌프란시스코의 피츠커피와 그에 영향을 받은 스타벅스가 시애틀에서 1호점을 개업한 이후 프랜차이즈가 본격화됐고 에스프레소를 바탕으로 다양한 베리에이션 메뉴를 즐기는 시대가 됐어.

당신은 두 번째 물결에 속하는 거네.

응.

그럼 스페셜티 커피는 제3의 물결(3rd Wave) 이구먼.

제3의 물결이라는 말은 2002년 11월 미국 로스터스 길드의 소식지에 오클랜드에서 렉킹볼 커피 로스터스를 운영하는 트리시 로스갭이 처음 사용했어. 트리시와 커피 동료인 니콜라스 조는 제3의 물결 커피에 관해 설명하기를, 기존의 커피 맛에서 벗어나야 하며 그 출발은 생두에 있다고 했어.

이를테면 국가별 구분이 아니라 농장별로 세분화해서 지속적인 교류를 통해 생두의 특성을 파악하고 고유한 개성을 커피 맛에 반영해야 한다는 것이었지.

아~ 프랜차이즈 커피의 단조롭고 획일화된 맛에서 벗어나자~

그렇지.

그 물결의 핵심을 반영한 생두가 바로 스페셜티 커피야.

스페셜티 커피라는 단어는 1964년 에르나 크누첸이 처음 사용했고 1978년 프랑스 국제커피회의 이후 많은 사람이 쓰기 시작했어.

기득권에 대한 반감에서 비롯된 변화의 시작이라 보면 되겠구먼.

아쉬운 건 관련 업계 사람들이 이런 개념을 모른 채 단순히 유행 감각으로 접근한다는 거야.

고비가 바람이 들어 여기를 떠나면 어떡하지?

어차피 알아야 하는 것이고

길은 내가 정해주는 것이 아니라 고비가 정하는 거잖아.

로고에 물개라니…

뭐, 커피 마시고 물개 박수라도 친다는 건가?

승진하셨는데 스페셜티 커피 정도는 쏘셔야죠.

이렇게 일반인도 찾는 걸 보면 대세는 대세야.

아!

와글

와글

와글

스페셜티 커피를 하려면 경력도 스페셜 해야 하는구나.

베이커리도 한발 앞선 느낌이야…

처음 보는
원두도…

우리 프릴츠는 산지 직거래
생두를 취급해서 원두가 낯설죠?

!

이건 여기서만
마실 수 있다는
겁니까?

지금은 그렇지만
프릴츠 전용
원두는 아녜요.

아직 소개가
덜 된 것뿐이죠.

대한민국
어떤 카페라도
필요하면 이 농장에서
구할 수 있어요.

카페가 직접 원두를 구입…
왠지 글로벌한 느낌이야.

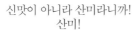
신맛이 아니라 산미라니까!
산미!

힉

춘놈이 구경할 것도
많겠지.

재수
없어.

자네를
주목한다는 의미야.
고맙게 생각해.

아는 사람이야?
2대커피
직원.

익! 또 직원!

아! 강고비 씨구나.
반가워요. 프릳츠의
김병기입니다.
안녕하세요.
턱
신경 쓰지 마세요.
원래 삐딱하니까.
어쩐 일이세요?
뭐 어쩐 일이야.
요새 아무나 스페셜티,
스페셜티 하니까 혹해서
간이나 볼까 하고 온 거지.
한 가지
물어봅시다.
학구열,
좋은 자세야.
자꾸 산미, 산미
하는데 신맛과
차이가 뭐요?
차이 없어.
신맛이래도
상관없다고.

그런데 왜
산미, 산미?

있어 보이잖아.
평론가는 약간
겉멋을 부리지.

오해하지 마.
자네처럼 아무 생각 없이
스페셜티 커피 찾는 부류의
겉멋과는 다른 겉멋이니까.

……

왜?
정곡을 찔렀나?

당신은
태어날 때부터
스페셜티
커피를
알았어?

나 같은 과정을
거쳤을 것 아니오?

뭐 그리
잘난 척해?

이번엔 자네가
내 정곡을 찔렀군.

과거엔 나도
노랑 병아리.

삐약
삐약

초이허트
말대로?

예.

애써 무시하고
살았는데
스페셜티
커피를
알아야
겠더라고요.

우선 커피 맛을
보여드리죠.

아침에
자극적인
음식은 먹지
않았겠지?

초이허트!

프릴츠는 커피와
대화하는 곳이야.

토론을 빌미로
분란 조장하지 마.

예. 알았습니다.

곧 2시입니다.
커피 부지런히 드세요.

땡큐.

성만 바리스타는
스페셜티 커피를 다루는
사람답게 얼굴도 스페셜해.

얼굴 말고 커피로
스페셜하고 싶습니다.

둘 다 스페셜하면 좋지.
하나도 안 되는
인간도 있는데…

두 번째 경고야.
세 번이면 아웃. 알지?

아이 노우.
아이 노우.

아무튼 광고비 제대로 왔어.

프릳츠는 국내에서 스페셜티 커피를 가장 잘 이해시켜주는 카페 중 하나이니까.

우버 보일러야. 바닥이 저울이고. 온도와 물줄기를 마음대로 조절할 수 있지.

성의 없어 보인다는 분들도 있는데 이걸로도 충분해요.

전통적인 드립도 하고 원두의 상태에 따라 도구와 방식에 변화를 주고 있어요.

마셔봐요.
엘살바도르 산타아나 지역 핀카
킬리만자로 농장에서 재배한
케냐 SL-28 품종이에요.
고도는 1,450미터.

자세하게
알려주시네요.

그 머리로
외울 생각
말고 적어!
적어!

스페셜티 커피는
국가만 표기하던
방식에서 벗어나
지역, 농장,
농부, 품종까지
표기해요.

농부의 이름을
넣는 건 좋은 생두를
재배해준 것에 대한
존경의 표시고요.

맛도 놓치지 마.
자세히 표기하는 만큼
기존의 생두와 맛의 차별이
분명하다는 의미야.
특히 고도가 높을수록 더하지.

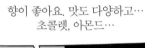

향이 좋아요. 맛도 다양하고…
초콜렛, 아몬드…

압도적인 신맛은
왜 말 안 해?

그 얘기
할 참이었어!

2010년도 기준으로
봤을 때 신맛이
압도적인 건
아니에요.

그걸 이해하기 위해서는
미국스페셜티커피협회 규정을
알아야 해요.
미국스페셜티커피협회 커핑
기준으로 향미, 풍미, 신맛,
바디감, 여운 등이 100점 만점에
80점 이상이어야 해요.

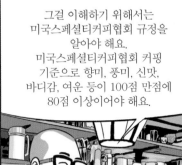

맛 평가는
신맛뿐이네요.

그렇죠.
그전까지
커피는 오직
쓴맛이었는데
신맛이라는
놀라운 발견을
하게 된 거죠.

커핑(Cupping): 커피의 품질을 측정하는 방법 중 하나.

그런데 굳이 미국 기준을 따라야 하나요?

받아들여. 어차피 커피 산업을 좌지우지하는 나라가 미국이잖아.

초이, 세 번째 카드 꺼낼까?

사실이잖아.

다른 분야는 다 미국의 영향을 인정하면서 왜 미국 기준에 따라 스페셜티 커피를 취급하면 고깝게 생각하는지 이해가 안 돼.

그렇다고 일본처럼 장인을 대접해주는 나라도 아니면서 말이야. 뭐 어쩌라고…

그 외에도 스페셜티 커피 기준이 몇 가지 더 있어요.

1. 커피 재배에 이상적인 토양과 기후에서 생산된 아주 뛰어난 품질의 생두에서 추출된 커피.
2. 커피 생두 350g당 결점두가 5개 이하. 향미에 결정적 악영향을 주는 결점두는 단 1개도 허용치 않음.
3. 커피 생두 수분 함유량은 수세식 커피 10~12%, 자연식 건조식 커피 10~13%.
4. 생산지 고유의 향미와 함께 그 향미에 결함이 없을 것.

조금 더 덧붙이자면 숙련된 농부가
경작한 생두를 제대로 수확, 가공, 선별한 후
안전하게 운반하는 것 역시 중요합니다.
그리고 로스터는 향미와 개성을 살리도록
볶아야 하고 원두를 신선하게 보관해야 합니다.
바리스타는 각자의 도구를 이용해서
멋진 커피로 전달해야
스페셜티 커피라고
부를 수 있어요.

머리에
쥐날 거다.

제3의 물결에서
보자면 스페셜티
커피는 다양한 맛의
스펙트럼을
가졌습니다.

예전과 달리 원두로
다양한 맛을 낼 수
있다는 것이죠.

아, 예…

병기 씨.

아이스 아메리카노를 줘봐.

그럴까?

왔는데 뭐라도 건져가야지.

자요. 인사를 부르는 아이스 아메리카노.

인사를?

맛있어요. 혹시 만델링인가요? 홍차 맛도 나고… 물개 박수를 치고 싶어요.

엘살바도르 산호세 농장에서 원두가 젖은 채로 파치먼트를 말려 벗겨내는 방식으로 생산한 것입니다.

파치먼트(Parchment): 생두를 둘러싸고 있는 끈적끈적한 껍질.

에? 중미에서 생산된 원두가 단순히 가공 방식만으로 이런 맛을 낸다고요?

중미 커피가
평균적으로
독특한 개성이
조금 약하거든요.

그래서 그쪽 농부들은
여러 가지 시도를
하고 있어요.

다른 대륙의
가공 방식에
관심이 많은 이유죠.

반대로 아프리카 커피들은
개성이 강해서 그런 거엔
관심이 없어요.

아무튼 현재는 신맛이랑
스페셜티 커피에 대한
한국적 정의를 내리는 단계입니다.

손님들이 열광하는
것에 비해 느려요.
걸음마 수준이죠.

사실 프릳츠 커피도
어떻게 변할지 몰라요.

어쨌든
스페셜티 커피는
신맛이라는 선입견은
좀 억울해요.

점심 러시가 끝났는데도
여전히 손님들로 넘친다.
그런데도 다들 즐겁게
일하고 있어.

아~ 그런데 나만
즐겁지 않다.
머리가 아파.

이걸 해? 말아?
대세는 대세인데
해답을 찾으러 왔다가
머리만 더 복잡해졌네.

찰칵

찰칵

저거 자세히
찍어봐.

알았어.

사진 좀 그만 찍읍시다!

!

수다로 시끄러운 건 참을 수 있는데 이건 어려워. 커피 맛을 느낄 수가 없다고!

무슨 상관이슈?

그냥 찍어.

예비 창업자 인가요?

간섭 밥맛!

SNS에 올릴 거에요.

찰칵

이 작업대 꾸미는 데 얼마나 들 것 같아요?

에?

그… 그건.

얼추 육천!

육천 원이 아니고 육천만 원!

로스팅 기계에다 이것저것 합하면 하드웨어만 일억 가까이 든다고.

지이이인짜아아?

팟

파팟

이렇게 번쩍번쩍한 머신을 들여놓으면 여기처럼 손님들이 바글거릴까요?

천만에! 머신은 관계없어요.

우리한테 왜 그런 얘기를 하죠?

그냥 손님이 아니잖아!

147

맞아요. 우린
예비창업자예요.

더 해줄 얘기
또 있어요?

진짜 기계는 상관없어요.
손님이 마지막 한 모금까지
즐겁게 마시고 나갈 수
있는 것이 중요하지요.

진짜요?

계속 고민해봐요.
아무런 고민 없이
달려들었다가는
쫄딱 망하니까.

우리가 눈먼 돈이
넘치는 줄 아세요?

시장조사도
했다고요!

낄낄낄…
시장조사라…
지난 20년 동안
미국 시장에서
스페셜티 커피 비중이
20% 늘었고
우리나라에서도
너 나 할 것 없이
뛰어드니까 승부를
걸어볼 만하다… 이 정도?
참… 참…

그리고
로스팅 포인트는
약배전으로
향과 신맛을
살리면 되고?

빚더미에 눌리기 싫으면
일찌감치 포기해요.
돈 보고 달려들면
돈은 저만치 도망치거든.

스페셜티 커피를
취급한다고 해서 당신들 커피가
스페셜해지는 게 아니라고!

아하~
그러니까
이렇게 겁줘서
미래 경쟁자를
제거해보겠다?

더티하게
진짜!

죽겠네.
정말 어이없어.
노래방에서 가사
보면서 최신 유행가
따라 부르는 것처럼
쉬운 문제가
아니라니까!

억! 그런데
이 느낌 뭐야!
나 지금 공중부양
하는 것 같은데?

이 바보들아!
감각적 인테리어,
화려한 경력,
최신 기계는
단지 수단일 뿐이야!

직거래 스페셜티 커피?
그걸 성사시키기 위해
산지에서 2주 동안
설사를 하며 돌아다니는
생고생을 감수하고 4년 동안
공을 들인 농장도 있다고!

그래도 여기는 그런 걸
광고하거나
홍보로 이용하지
않아!

그러고 보니…

자랑해도 모자랄 판에
진짜 흔한 사진
한 장 없네?

그런데 왜
손님들이
많겠어?

프릴츠는
프릴츠만의
커피로
승부하기
때문이야.
이 바보야!

안녕히 가세요.

앞으로
한 달 동안
출입금지야.

한 달은 너무해.

그럼 두 달로 할까?

갈게~

선생님, 프린츠에서 얻어온 원두로 아이스 아메리카노 한 잔 드실래요?

좋지.

스페셜티 커피는 어땠냐?

제가 먼저 특별해져야 한다고 느꼈습니다.

151

자, 한잔 할까?

예.

인사를 부르는 커피,
아이스 아메리카노.

음.

최근 미국스페셜커피협회의
평가 항목에서 단맛 비중이
점점 높아지고 있다는데
프릳츠는 최신 경향을
잘 따르고 있구나.

앗. 선생님,
그걸 아셨어요?

왜? 내가 세상과
단절하고 사는
고집불통 노땅 같냐?

혀는 확실해야 하고
머리는 유연해야 해.

그렇지 않으면 무지가 쌓이고
교류가 끊기니 사람과
사람 사이에 벽이 생기게 된다.
다른 커피에 대한 무관심은
우리에겐 죄다.

명심하겠습니다.

만드는 사람의 정성과
진심이 담긴 커피는
종류와 가격에 관계없이
모두 스페셜하다.

13화

커피 한잔 더

아무도 내 음악을 알아주지 않는다.
그래서 세상을 버렸다.

이… 이런!

야! 저리 안 가!

왜… 왜 그러세요?

잠 좀 자자!

여기가 아저씨 집인가요? 뭔 상관?

그딴 거 뭐하러 해?

가수 되려고요. 아니면 작곡가도 좋고요.

포기하고
다른 거 찾아봐!
괜히 시간
낭비하지 말고!

도서관에 가서
한 자라도 더 읽어!
그게 너희들 기타보다
성공률이 높다!

에이씨~할 일 없이
공원에서 잠자는 사람이
그런 말할 자격이나 있나?

！

뭐야!

먹은 것도
없는데
힘 떨어지게
일어나게
만들어.

어우,
목말라.

159

또 없나.

무슨 카페
이름이 이래?

뭐야?

이런!

기이잉

커피 값을 안 내고
도망쳤는데 왜
안 쫓아와요?

돈이 없어서
도망치는데
잡으면 뭐합니까?

돈이 없기는!
돈값을 못하는
커피니까
그런 거지!

오늘 커피가 별로였다니
그냥 드리겠습니다.
그리고 커피 한잔 더
하고 싶을 때 또 오세요.

돈은 제 커피가
커피 값을
한다 싶을 때
받겠습니다.

선생님!

암튼 커피
똑바로
만드세요.
맛있다는 얘기
나오게요.

그럼 그때
돈 낼게요.

저런 사람들 안 와도
그만인데 잘해주시는
이유가 뭔지 참…

넋 놓지 말고 할 일 없으면 인력시장 가자.

처자식이 없어서 그래.

공사판에 자리 하나 났어.

됐어요오.

젊은 놈이 몸 쓰는 걸 그렇게 싫어하면 어쩌나?

열심히 모아서 하루빨리 보호센터를 나가야지.

형님이나 잘하셔. 공사판에서 번 돈 술로 탕진하지 말고…

어제 안 마셨잖아.

내리 일주일
마시다가 어제
하루 반짝했지.

시작은
다 그래.

오늘도
죽치고
있을 거냐?

왜 이래요?
저 갈 곳
많아요.

너무 써!

쓰니까 커피지.
설탕물을
커피라고 부를까.

에고~
오늘도 돈값을
못했네요.

맛없는
커피라면서
왜 자꾸 와요?

기대치가
많아서.

갑니다.

기이잉

또 오세요.

또 오지 마세요.

어?
일찍 오셨네?

인력시장 갔다가
공쳤어.

나도 그래.
요새 최악의
불황이라는 말
실감이 나.

끄억~

형님!

비겁하게 혼자
술 마시고…

음~
술 향기.

인생 뭐 있어?
마시다 가는 거지.
끄억~

나가자.
외상 긋고 한잔 쏠게!

에이. 술은 뭐 또…
간식도 해야지.

가안식?

너 꽁쳐놓은 돈 있었구나! 이런 델 오고~

우린 돈 없어! 네가 데리고 왔으니까 알아서 해!

우와! 커피 비싸다! 육천 원이야!

드립커피 네 잔!

정년퇴직하면 이런 카페 하나 차리는 게 소원이었는데 그놈의 도박 때문에…

이런 다방에서 여자들 많이 꼬셨는데…

하이고~ 그 마스크로 픽이나…

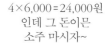

$4 \times 6{,}000 = 24{,}000$원 인데 그 돈이믄 소주 마시자~

브라질 산토스 NO.2입니다.

턱

브라질…
먼 데서 왔군.

생두 생산량을 따지면
우리가 마시는
커피 네 잔 중 한 잔은
브라질산일 겁니다.

산토스 NO.2는
단맛과 신맛은
물론이고
무거우면서도
부드러운 맛이
좋습니다.

설명을 들으니까
대접받는 느낌이다.

오랜만에
커피다운 커피
마시는군.

쐬주 빨러 가자~

오우! 원더풀!

근사하다! 최고야!

원샷~!

쭉

꺼억

혼자 맛없다고
하셨고 세 분은
맛있다고
하셨으니까
만팔천 원
되겠습니다.

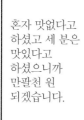

형님들, 주머니
털어봐요.

천구백 원…

외상합시다.

저희는
외상 없습니다!

갚으면 되잖아.
만팔천 원 갖고 되게…

이 시키
믿고 왔다가
망신 1000%…

손님을
어떻게 믿고?

죄송합니다. 저희가 이 녀석
말만 듣고 무례를 했네요.

노숙인 센터에
머물고 있으니까
조만간 꼭
갚도록 하겠습니다.

돈 대신 다른 걸로
내셔도 됩니다.

예?

170

혹시 잘하는 거
있으세요?

그림 그리기나
글짓기 같은 거…

술 마시는 건
자신 있습니다!

형님,
선생님이셨다면서요?

선생도 선생
나름이지.
난… 지리 선생
이었어.

죄송합니다.
청소하면 안 될까요?

왜 자꾸 쫄아요?
쪽팔리게.
제가 쏜다고 했으니까
제가 책임질게요!

맞아요.
얘가 기타
잘 친대요.

기타의
신이라고
불렸다면서.

맞아요.
기타리스트
김민성
검색해보면
다 나와요.

기타는 무슨 얼어 죽을!

탁
탁 탁

몇 개 안 되지만 진짜 있네요.

실험적인 연주를 많이 했답니다.

한국의 제프 벡이란
별명이 있었다. 그런데
연주 인생은 순탄치 않았고
트러블 메이커였다.
기타로 매니저를 구타했고
음악 색깔이 맞지 않는다고
밴드를 뛰쳐나왔고 멤버들과
불화는 그치지 않았다.
솔로 활동도 길지 못했다.
한마디로 그는
기타 천재였지만
타협을 몰랐던 사람이다.

......

제프 벡(Jeff Beck) : 영국의 기타리스트.

172

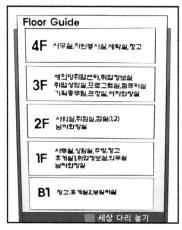

Floor Guide

4F	사무실,자원봉사실,세탁실,창고
3F	새희망취업센터,취업정보실 취업상담실,프로그램실,컴퓨터실 기획총무팀,관장실,여자화장실
2F	샤워실,취침실,침실(1,2) 남자화장실
1F	사무실,상담실,주방,창고 휴게실1,취업정보실,의무실 남자화장실
B1	창고,휴게실2,보일러실

세상 다리 놓기

저녁밥도 안 먹고…
아직도 화났냐?

빚진 놈이 화는요.

내가 너처럼
기타 칠 줄 안다면
이러고 있지
않는다.

이러고 있지 않음?
노래방 기계가
반주 다 해버리는데
설 자리가 어디 있다고?

꺼억

에이! 시끄러워!

민성아, 방금
카페 사장님한테서
전화 왔다.

173

사채 쓴 것처럼
독촉하네~

내일 한번 오래.
돈 없으면
일해서 갚으래.

허어~
커피 한번 더
빚졌다가는
노비 되겠네.

공사판에
나가서 일해서
갚는다고
하세요.

에?
너 손 다칠까 봐
막노동 안 하잖아.

이젠
할 거에요.

근데 솔직히
그 집 커피
맛있긴 하더라.

그 집
술은 없나?

너 거기서
일해라.
우리 가끔 커피
얻어 마시게.

떡 줄 사람
생각지도 않는데
커피부터
마시지 맙시다.

만팔천 원
가져왔어요?

너 보러
온 것 아니다.

뭔 일로 바쁜 사람
오라 가라 그러세요?

뭐 특별한
커피라도
있다는
겁니까?

오늘은
커피보다
저 아이의
연주를
들어주세요.

준비됐어?
시작해.

아이가 어리지만
기타밖에 몰라요.
아무리 말려도 혼자
유튜브를 보면서
연습하는 걸 보고 그냥
넘어갈 문제가 아니라는
걸 알았어요.

아이의 미래를
위해서 선생님을
모시기로 했는데
박석 사장님이
추천하셔서 왔습니다.

아이의 연주가
어땠습니까?

기타에도 치맛바람이 있구나.

!

기타 때려치우게 하세요.
기타 배우면 저처럼 돼요.

애, 가자!

기타 코드 잡으면 다 세고비아
되고, 건반 두드리면
다 모차르트 되나? 멍청이들!

177

저도 갑니다.

커피는
마시고 가야지.

사장님이 주신다면
무료인 거죠?

턱

다 무료였으면서…

턱

나한테 잘해주는
이유가 뭡니까?

사장님이
나이팅게일이나
테레사 수녀라도
되는 겁니까?

내가 불쌍해 보이죠?
막 도와주고 싶어요?

저…!

선행으로 주변
사람들한테 칭찬받고
신문에 기사로 떠서
우쭐해지고 싶어요?

도움받은 사실 있다고
글로 써드릴까요?
액자에 넣어서 입구에 걸면
손님들이 사장님
다시 보고 좋겠네.

당신 착해지려고
날 이용하지 마!
이깟 커피 몇 잔 판 돈으로
날 동정하지 마!
역겨워!

벌떡

다 마시고 가요.
허니 프로세스
생두라
단맛이
훌륭하거든요.

뭐… 커피에
꿀이라도 탔나?
그러지, 뭐.

턱

이게 뭐야?
꿀을 타려면
팍팍 좀 넣지!
단맛이
하나도
없잖아!

익!

턱

내가 너에게 주는
마지막 커피니까 다 마셔!
그리고 내 말 잘 들어!

!!!

커피나무에 열리는
커피 열매의 껍질을 벗기면
파치먼트가 있고 그 안에 커피빈
즉, 생두가 들어 있어.

파치먼트는 끈적끈적한
점액질에 둘러싸여 있는데
이 점액질을 제거하지 않고
말려서 생두를 얻는 걸
허니 가공 방식이라고 해.

이 생두를 사용하기 위해
쓰는 몇 가지 가공 방식이 있는데
그게 바로 내추럴 가공 방식과
워시드 가공 방식,
허니 가공 방식이야.

락 한 대
때려서 꿀아
내시지 않고…

자잘한 커피 상식 따위가
나랑 무슨 상관이죠?

상관있어!
내 얘기를 들어주는 것만으로
밀려 있는 커피 값을
까주겠으니까 들어봐!

이 허니 가공 방식은
이천 년대 초반, 중미에서
나온 방식이야.
그런데 남미에서는 오래전부터
펄프드 내추럴이란 방식이 있었지.
허니 가공 방식과 별 차이 없는…

결국
카피구먼!

난 카피하는
새끼들이 이 세상에서
제일 싫더라!

방식은 같다고 해도
그 이후가 달랐어.
허니 가공 방식은
파치먼트의
제거 정도에 따라
결과물을
세심하게 나눴어.

각각 옐로,
레드, 블랙이란
이름을 붙였다.
부르기 편하고
친근하고
기억하기 쉬운…
시장에서는
반응이 좋았어.

콧대 높던 남미
커피 생산국에서도
최근에는
허니 가공 방식,
즉 허니 프로세스라는
명칭을 사용하기
시작했어.

잘 들어!
지금부터
핵심이야!

비행기로도 꼬박
24시간이 넘게 걸리는
저 먼 나라의 조그만
농장에서 일하는
별 볼 일 없는
농부들도 자신이
가꾼 커피를
인정받기 위해
이렇게
노력하는데
넌 뭘 했지?

그 알랑한
기타 실력을
인정받기 위해
잠깐 노력한 것 말고
어떤 노력을 했냐고!

세상이 널 알아주지 않아서
네가 세상을 포기했다고?
웃기지 마!
사회 부적응을 둘러댄
비겁한 핑계야!

x팔!
너무 심해!

네 연주를 한 번도
들어본 적 없지만
알 수 있어!
분명히 형편없을 거야!

넌 애초
연주가가 될
그릇이
아니었어!

저 오늘부터
벽돌 나를게요.

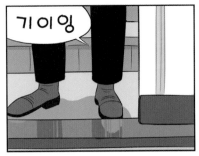

기이잉

선생님!

그동안 안녕하셨어요?

밀린 커피 값 갚으러 왔습니다.

안 돼!

예?

관객이 없잖아.

고비야, 전화 돌려라.

옙!

오늘 들려 드릴 노래는
한때 제 우상이었던 밥 딜런의
'One More Cup Of Coffee'입니다.

꺄아아!
집시 소녀와 떠나려는 남자의
아름답고 슬픈 이야기를 노래한
커피 한잔 더어어!

삐이익

가원아,
동영상 찍어.

삐딱이 이후로
SNS 끊었어.

이럴 때는 해야지.
혹시 아냐?
기획사에서
스카우트 올지.

아!

딱딱
딱

188

커피가
남았군.

남은 커피를 보면
그 노숙자가 생각나.

이 가게
초창기.

사용한 커피만큼
손님이 많지
않았던 시절.

커피가 남았군.

두두둥

잠깐만요!

!

버리려면 날 주슈.

후훗. 아주 좋은데 이게 얼마만의 원두커피인가…

한 잔 더 드릴까요?

고맙슈.

나중에 나 같은 인간이 오면 커피 적선 잊지마슈.

공짜 커피 마시고 도망쳐도 잡지 마슈. 얼마 전에 거지 친구가 국밥 먹고 도망치다가 차에 치였슈.

어차피 도망친 집은 다시 안 가유.

《커피 한잔 더》

당신의 달콤한 숨결과
하늘에 빛나는 보석 같은 두 눈
베개에 머리를 대고
반듯이 누운
당신의 부드러운 머릿결

하지만 나는 그 어떤 사랑이나
감사의 마음도 느낄 수가 없어
당신의 헌신은 내가 아닌
저 하늘의 별을 향하고 있지

저 계곡 아래로
떠나기 전에 커피 한잔 더
떠나기 전에 커피 한잔 더

무법자였던 당신 아버지는
방랑을 일삼는 사람이었지
그가 당신에게 어떻게 선택을 하는지
어떻게 길을 던지는지 가르쳐줄 거야

그가 지배하는 왕국에는
이방인이 들어오지 못해
음식 한 그릇을 더 달라고 외칠 때
떨리는 그의 목소리

저 계곡 아래로
길을 나서기 전에 커피 한잔 더
떠나기 전에 커피 한잔 더

당신의 자매도 당신과 어머니가
그랬던 것처럼 미래를 바라보지
당신을 읽고 쓰는 걸 배우지 못했고
선반에는 책이 한 권도 없어

만족할 줄 모르는 당신
종달새 같은 목소리를 가진 당신이지만
마음은 바다처럼
알 수 없고 어둡기만 해

저 계곡 아래로
길을 나서기 전에 커피 한잔 더
떠나기 전에 커피 한잔 더

14화
흉내 낼 수 없는 맛

누구유?

난 저승사자다!

안 돼유!
난 시집도 못 갔어유!
이제 막 인정받는 작가가
됐는디 억울해서 어쩐대유!

전에 통화했잔여?
나 출판사랑
계약했다고.

두 달 전여.
이것아!

근데 이건 또 뭐대유우?

쌀, 달걀,
참기름, 깨,
취 데친 거 등등.

덜컹

환장허것네에.

다 썩었네 그라아!
작년 김장 김치가
묵은지가 아니라
썩은지가
돼버렸시야아!

잔소리할 거믄
내려가유우!
이런 거 한두 번
본대유우?

10분 줄게!
니가 소중허다
싶은 거
챙기서 나가아!

안 듀우!
깨끗이 정리허믄
집중이 안 듀우!

아니믄 짐 싸서
엄마랑 같이
내려가든가아.

엄니이~

암치마
큰거 읍냐아?

나 헌다믄 허는 인간인 줄 알지이?

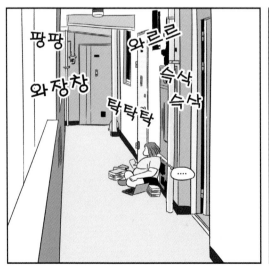

팡팡

와르르

와장창

탁탁탁

슥삭
슥삭

····

들어와!

사람 사는 방은 이런 거여어.

벽에 붙인 메모는 어떡했슈우!

반짝 반짝

탕 탕

쿵 쿵

이건 내 방이 아뉴우! 난 이런 디서 작업 못 휴우!

앞장서라아.

어딜?

쑥개떡 갖고 왔어어. 니 이사 오고 떡도 안 돌렸지이?

요새 누가 그런 거 신경 쓴대유우?

그러는 거 아녀어. 고향 똘이도 처음 왔을 때 동네 한 바꾸 돌믄서 선배 개들헌테 인사허드라고오.

자꾸 개허고 비교헐껴?

200

아님 이 쑥개떡 니 혼자 다 묵든가아.

!

마지막 집유우. 내가 사랑허는 2대커피.

이런 디 이 할망구가 들어가도 돼야?

들어가도 되긴 헌디 여는 냄새 나는 거 안 되아아. 내가 나중에 갖다 드릴꺼어.

들기름 냄새가 얼매나 꼬숩는디이…

커피 향에 방해가 돼유우.

고향 똘이도 그 정도로 예민하지 않어어.

또!

들어가!

땅

에? 테블이 달랑 두 개뿐여?

이래서 장사가 돼야?

여그는 커피를 파는 곳이 아니고 정을 파는 곳여어.

정도 사간댜? 나 정 무지 많은디이.

만나서 반갑습니다.

하이고. 선생님, 반갑네유우.

천천히 보고 고르세요.

커피 집에 무슨 메뉴판이여어?

커피랑 빵 종류가 많유우.

오메! 커피 한 잔이 육천 원! 팔천 원 짜리도 있네!

김 씨 순댓국 한 그릇보다 비싸야아! 거는 밥도 더 달라므 계속 주잖여어!

바가지여어! 테블이 두 개라도 버티는 이유가 있었구먼!

싸게 나가자아!

떡도 주셨는데 오늘은 제가 한잔 대접하겠습니다.

아녀유우. 그라실 필요 있간디유우.

떽! 어른이 주신다므 고맙심다 허고 받는 겨어.

턱

삐껑

지는 달달헌 거로 한잔 허고 싶네유우.

♬

캐러멜 마키아토로 준비하겠습니다.

카라멜 넣유우? 설탕이 낫지 않유우?

주시는 대로 자셔봐유우.

아, 엄마. 왜 그런대유우? 나가 돈을 못 버는 것도 아니고 저 정도는 마실 수 있다니께유우.

어렵게 번 돈 헤프게 쓰믄 안 돼야아.

부우웅

부우웅

박 사장님 커피는 그 목아치 허고 남유우~

동네 별다방 커피보다는 낫드라아.

쌉싸그리이 허고 달달헌기…

엄니, 혹시 아빠랑 싸운 거 아뉴우?

느 아빠가 나 상대나 되간디이.

쑥

똘이 밥 챙겨주다가 내 새끼 밥 챙기주고파 올라온 거여어.

무런놈의 차가 이렇게 많다아?

나랑 개랑 동격이구먼.

걱정 마라. 일주일만 있을랑게에.

오메! 일주일씩이나!

위청

라

저녁은 뭣이 묵고 싶다냐아?

더운 때는 암케도 닭백숙이 으뜸이잖유우?

입맛은 살아 있구먼.

뚝딱

뚝딱

타타타

!!!

치카치카

위이잉

덜컥

엄니이이!
잠 좀 자유우!
잠 좀~!

해가 중천이여어.
가시나가 글케
게을러터져서
워디 쓴다아?

난 아침 안 묵유우.
이거면 끝유우.

덜컥

이거 한 잔이믄
돼유우.

콩 가냐아?

드르르

커피 마실 거어.

걍 뜨건 물 붓고
마시믄 되는 거
아녀어?

으갸아.
짤짤 거리게 붓지 말고
확 부서! 확!

206

아~ 좋다아.
엄니도 한 잔
헐처어?

암~!
니 입만
입이냐?

으윽!
쓰고 시큼허다야!
이거 한 봉지
얼마댜아?

만오천 원인가?

미쳤다!

요렇게 쬐끄만
봉투에 든
꺼먼 콩을 그렇게
비싸게 사아?

우리 집 콩도 꺼멓게 볶아서
이렇게 폴믄 금방 부자 되겠네에.

잔소리 마왕.
나 나가유우.
점심 약속 있응게
저녁때나 봐유우.

엄니, 왜?

서울 사는 고향 친구들이랑 커피 한잔 헐란디이 어지께 마셨든 커피 이름이 뭐여어? 카라멜 넣었다능거어…

카라멜 마키아토

카라멜 마키아토

카라멜 마키아토

뭘 그렇게 중얼대니?

니?

푸하하핫! 언제부터 서울 사람이라고 쌩 서울말 쓰냐아!

본판 드러내에에~

야눈…

뭘 드릴까요?

저… 아…

그…

니 때문에 커피 이름을 까묵었어.

왜 내 핑계 대니? IQ가 문제 아니니?

그… 그거요. 어제 나가 마셨든거…

찌직

캐러멜 마키아토 말씀이세요?

맞유우! 그거 줘유우!

짝

세 잔 준비하겠습니다.

세 잔은 맞는디유우.

한 잔을 세 잔으로 나눠줘유우.

!!!

한 잔을 세 잔으로ㅇㅇ?

나 창피해서
그 집 어찌
간대유우우!

길바닥 돌맹이같이
많은 기 커피 집인디
바꾸믄 되지
무신 걱정여?

세상살이 돈 없으믄
사람도 없어지는
거여어.
악착같이 벌고
악착같이 지갑
열지 말고 살어어.

비싼 커피는
성공허믄
실컷 마실 수
있다니께에.

다음 날

아유우~
젖꼭지 아퍼어.
저년이 밤새
주물러대드만…

흐흐.
나 엄니 옆에서
오랜만에
푹 잤슈우.

피식

에?

211

그새 다 마셨네.

오늘 2대커피 들러서…

!

걍 인사나 하고 와야쥬우.

어휴, 덥어라.

시장 다녀오시나 봅니다.

나 있는 동안이라도 잘 멕이야쥬.

날도 뜨거운데 시원한 물이라도 한잔 하고 가세요.

물은 얼마래유우?

하하. 물은 공짜입니다.

그럼 들어갈게 유우.

언제 내려가세요?

어. 시원허다아.

일요일에유.

좀 더 계시다 가시지요?

날씨 땜시 시방 농사가 엉망유우. 빨 가야쥬우.

이거 하나 가져갈게요.

아, 예.

방향제나 화초 비료로 쓰세요.

서울은 비싼 커피 가루를 비료로 쓰유우?

어차피 손님들에게 내놓을 수 없는 커피니까 서비스 차원에서 드리는 겁니다.

벌레 묵었슈우?

아닙니다.

원두는 일정 기간이 지나면 산패가 시작하거든요. 그러면 향이나 맛이 변해서 팔 수가 없어요.

마실 수 없을 정도래유우?

아뇨. 마실 수 있어요. 우리 손님에게는 안 드린다는 것뿐이죠.

나도 좀 줘유우.

냉장고 냄새 제거에 그만입니다.

아유~ 어제 원두 사온다는 걸 깜빡했네에.

어?

EDIYA CO

NY

커피만 마시믄 속 깎응게 빵이랑 같이 묵어어.

푸하하하! 엄니가 원두로 커피를 내렸슈우? 대단해!

깔때기에 종이 깔고 간 커피 넣고 뜨거운 물만 부믄 지가 알어서 되는디 뭐가 대단혀어.

근디…
이 커피 맛이…

맛이 왜?

이거
어디서
사왔슈우?
엄니 설마…

엄마가
촌에서 왔다고
그러믄
안 되아아.

뭔가 트집거리가
있는 것 같은디이 이게 또
은근히 매력 있네에.

맛있게 마셔어.
엄마표
커피여어.

쏴
아
아

다음 날

드르르르

탁 탁

콸콸콸

이거 뭐…
별것 엄잔유우.

오메나!

커피 어찌 내리나
살피는 거어?

신기하네.
이렇게 막 내리는디
은근히 땡겨어.

무시 말어어.
밥물 잡기 40년이여어.

글케 간단치 않은디이
혹시 커피에
조미료 탄거어?

자다가 봉창 뚫는
소리 말어.

그리고
냉장고 열어봐아.

덜컥

끄아아아!

그것 말고
또 묵고 싶은 거
있으믄 말혀어.

2대커피 식구들도
혼자 사는
남자들이지이?
농가 묵어어.

이건 뭐유우?

남은 커피 가루여어.
방향제로 좋대잖여어.

쏴아아

샀어?

에이, 이런 건 2대커피 가면 공짜로 주는데에.

세상 공짜가 어디 있어.

엄니 시집올 때 니 할매가 금반지 하나 주길래 오메 공짜 반지 생겼네에 했드만 40년 동안 일허잖어.

쏴아아

이제 집에 간다아!

진짜?

왜 간대니까 섭섭냐아?

당연하지.

한동안 이 찌찌 못 만질 텐디이.

아파!

쪼물락 쪼물락

더운디 뭐하러 나와아? 어여 들어가아.

아… 알았유. 엄니이.

그리고 이렇게 젖이 나올 둥 말 둥 팍 파진 거 입고 댕기야지 사내놈들이 생겨어.

옴마!

확

니 아부지도 엄니 찌찌 땜에 반헌 거여어.

나 이거 몇 개 가져가도 되쥬우?

물론입니다. 필요한 만큼 가져가세요.

EDIYA COFFEE

아유. 웬 반찬을 이렇게 많이 가져왔어요?

나 혼자 다 못 먹어어.

올 엄니가 사간 원두 어느 나라 거쥬우?

그동안 맛보지 못했든
매력이 있드라구유.
자꾸 생각이 나유.
그거 한 봉지 줘유우.

어머니… 커피…
그건…

여기 있어!

로스팅
포인트를
많이 바꿔서
신메뉴
개발 중인
커피를
드렸었지.

후후. 역시 2대커피다 싶었쥬우.

북

북

이 맛이
아닌디이.

엄니랑 똑같이
했는디도 맛이 여엉~

엄니,
언제 다시
올라와유우?

내려온 지
3일 됐는데 벌써
보고 싶은거어?

엄니 커피가
마시고 싶유우.
자꾸 생각나는디
아무리 해도
엄니가 내려준 그
커피 맛이 안 나유.

비법 좀
가르쳐줘유우~

끊어!

비법!

진짜 끊어!
니 압지 줄 커피 물 끊는다아!

똑

똑같은 원두에
똑같은 방법으로
내렸는디 왜? 왜?

내일 원고
마감인디 일이
안 돼에에.

엄마표 커피는
엄마만이 만들 수 있다.

⋘ 15화 ⋙
달콤한 위로

전염성 높은 바이러스 때문에
국내 단체 여행 예약 취소,
관광버스, 음식점, 쇼핑몰 휘청.

뭐해?

새로운 환자가 발생했나 확인하고 있습니다.

혹시 치킨이 특효약이라는 정보는 없는지 찾아봐라.

휴우우~

덜썩

땅 꺼지겠어. 최 사장.

휴우우. 버릇이 됐어요.

생닭을 튀겨 팔아서 벌을 받는 건지… 어휴우우.

큰일이야. 휴가철인데 시민들이 방에서 나오질 않아.

딸각 딸각

시원하게 한잔 마셔.

턱

죽지 못해 산다는 말 실감 나요.

달그락

형님은 어떠세요?

형님은 단골 장사니까 버틸 만하죠?

와그작 와그작

우리라고 다를 것 있나.

답답해서 바람 쐬러 나왔는데 날도 덥고 뭐 하나 속 시원한 일이 없으니 더 답답하네. 휴우우.

사장님은 배달 이라도 있잖아요.

그래 맞아. 나는 그렇다 치고 김 씨네가 더 걱정이야.

간장게장 집?

거기는 초반에 관광버스들 많이 왔잖아요.

그게 다 빛 좋은 개살구라는 거야.

자기 빌딩이면 몰라. 단가 맞추느라 음식 질 떨어지지. 가게세 올라가지.

그것도 꾸준하면 희망적일 텐데 일본인 관광객들은 환율 때문에 일찍 떨어져 나갔고 요새는 중국인 관광객들도 전염병 무서워서 발길을 뚝 끊었어.

암튼 김 씨 그렇게 크게 시작하지 말랬더니 말 안 들어서 불안 불안했어.

알았어.

한 사람도 손님이니까 닭이나 튀기러 가자.

물기 없는 논바닥처럼
내 마음도 쩍!쩍!
갈라지는구나!

어휴우우!

투 플러스 원
입니다.

음료수 무료는
기본이고요.

길 건너에
있습니다.
천하제일
간장게장.

게장 맛
끝내줍니다.

마스크라도
쓰세요.

!

그래. 차라리 입을
막아버리는 게 낫지.

안녕히 가십시오.

오늘은 그나마 최악은 아니네요.

고비야, 손님이 줄어든 것이 순전히 바이러스 때문일까?

그건…

소나기는 언젠가 그치기 마련이죠.

그치기 전에 2대커피가 물에 잠기면?

물 위에 커피 잔 띄워놓고 영업해야죠.

하하하.

그래. 긍정적으로 생각하자. 이런 시간이 주위를 돌아볼 좋은 기회니까.

맞습니다.
그래서 드리는 말씀인데

?

우리 잘못도
있다고 봅니다.

여름 더위에
대비해서
손님의 입맛을
맞추지 못한
겁니다.

그래서?

아포가토를
메뉴에 넣으면
어떨까요?

사심이 담긴
메뉴구나.

혜혜. 들켰네요.
제가 정말 좋아하는
메뉴거든요.
괜찮을까요? 선생님.

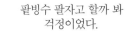

팥빙수 팔자고 할까 봐
걱정이었다.

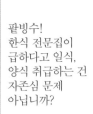

팥빙수!
한식 전문집이
급하다고 일식,
양식 취급하는 건
자존심 문제
아닙니까?

나도 아포가토는 늘 하고 싶었던 메뉴였어.

문제는 쫀쫀한 식감과 진한 젤라토인데 그걸 찾기가 쉽지 않거든.

팔랑귀인 제가 문제였어요. 단체 손님 많아서 좋아했더니 일반 손님들이 발길을 끊더라고요.

나도 이참에 작은 카페나 할까?

부동산에서 임자 있다고 할 때 팔걸!

대출금 이자가 앞을 가려서 걸을 수가 엄구만.

귀농을 생각 중유우.

콱 그냥!

고비 오빠!

다 됐어?

알바가 무슨
권한이 있다고…
대표님이 안에서
하고 계셔.

선생님한테 최고의
젤라토를 구해오겠다고
큰소리쳤는데
안 되면 책임져!

책임?
나랑 결혼?

헤헤헤.

그런데 언제
알바를 바꿨어?

다양한 경험에
비행기 값도
벌어야 하고.

이번 방학도?

일본어 학원
등록했어.

너 고3 맞냐?

어차피
대학 안 갈 건데
입시 공부는 나한테
시간 낭비야.

2대커피에서
저희 젤라토에
관심을 가져주셔서
감사합니다.

우유에 생크림을 붓고
바닐라를 넣고
40도까지 데운다.

그다음 설탕과
분유, 콩가루를 넣고
85도까지 올린 다음

1분간 살균하고
급냉고에서
5도까지 식힌 뒤

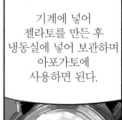
기계에 넣어
젤라토를 만든 후
냉동실에 넣어 보관하며
아포가토에
사용하면 된다.

간단하네요.

간단하지만
모두 천연 재료를
사용하니까
원가는 높은데
오래 보관이 안 돼요.
일주일도 못 간다고요.

장사하는
사람들에겐
위험해요.

쫀득한 식감,
질척거리지 않은 단맛.
아주 좋은데요!

언제까지 기다려야
숨 쉬고 살겠어?

관광객 자체가 없는데
저라고 방법이
있겠습니까?

게장 집만
개업하면 관광객
몰빵 해주겠다고
네가 그래서
이 가게 연 거잖아…

한창 벌 때
돈 좀 챙겨
놓으셨어야죠.

대출받아서
권리금 준 거
갚고 있었지.

이번 달
가게세는
물론이고 직원들
월급도 못 줬다.

지금 형님만
그런 게 아니고
다 그러니까
참아야지
어떡해요?

참는 건 숨이나 제대로 쉴 때 허는 거지. 지금은 숨통이 막히기 직전이라니까!

오백만 빌려다오. 단체 손님 오기 시작하면 제일 먼저 갚을게.

!

이대로 가면 아파트 넘어가게 생겼어.

대출도 너 때문에 받은 거잖아!

이 형님, 지금 날 사기꾼 취급하네. 한국 사람들 이래서 문제라니까.

일없어요! 앞으로 연락하지 마세요! 우리 엄마가 난 잔정이 많아서 탈이라고 하더니 증말!

너 이 새끼!

아이쿠!

무슨 휴가를
17일
동안이나?

휴가를 빙자한
임시휴업
이겠지.

휴가중 7월15일~ 31일까지

진짜 요새 동네 분위기
최악이구먼.

감염보다 포기가
더 무서운 건데…

예전과 모든 게 달라졌어.
인심, 사회 분위기…

요즘 사람들은
성공에만 관심이 많잖아.

김샜다.
입 호강 좀
하려고 했드만.

237

아이구, 석이 아빠, 얼굴 좀 펴봐.

......

손해 보더라도 가게 파는 게 낫잖아.

밑 빠진 독에 물 붓기지. 이거야 원~

다른 데 가지 말고 부동산에나 가봐요.

쿠콰

콰
콰
콰

콰
콰
콰

검은 터널의 끝은 있다.

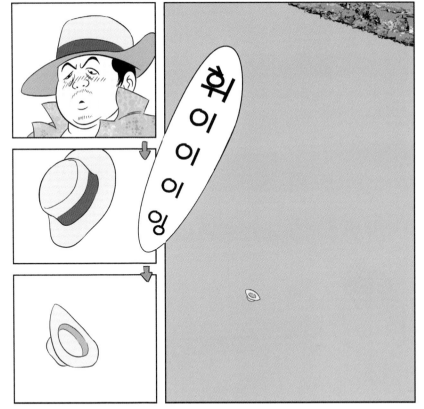

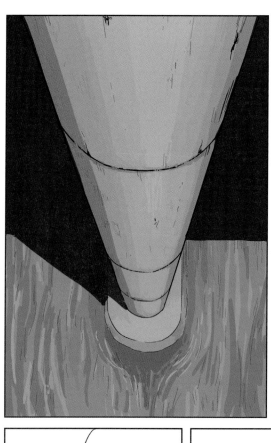

꽉

형씨는
종목이 뭐요?

무슨 장사
하냐고요.

!

간장게장요.

여기 오는 사람들
전부 뻔한
사연들이요.

가족 품으로
돌아가시오.

그런 표정으로
마포대교 난간에
서 있으면
뭐하려는지
뻔하다니까.

있는 돈 없는 돈 길어다가
한우 식당 차렸드만 광우병 와,
종목을 바꿔 조그맣게
치킨집 차렸드만 조류독감 터지고
요식업에 치가 떨려서
병원 앞 피시방 인수했드만…
크크크크 마누라는
아파트 팔아서 도망가고…

이제 남은 건
빚하고 악밖에
없어요.

나보다 더
기구하면
뛰어내리슈!

에이. 여기가
그럴듯해서 왔드만
떼로 몰려계시네.

콰
콰
콰
콰

콰
콰
콰

！ ！

그쪽도
저쪽이요?

그럴까 하고 왔어요.
나 죽어도 울어줄 사람이
없는 게 서럽지만
사는 게 버거워서요.

감염된 환자가 다녀간 응급실에 같이 있었다는 이유로 자가 격리 관리받다가 결국 양성반응 받아서 격리 치료받고

치료 끝내고 나왔더니 다니던 유치원에서 벌레 보듯 대하고… 원장님이 이러다 유치원 망하겠다고 하소연하는데 어쩌겠어요. 대책 없이 사표 썼죠.

그래서 여길 왔다고? 그게 기구하다고?

다시 취직하면 되지. 그딴 일로 여기 왔어요? 수준 떨어지게!

아저씨들 사연은 별거예요? 다시 돈 벌면 되지 왜 여길 와?

발버둥을 쳐도 안 되니까 여기 온 거지.

내 발의 무좀이 남의 염병보다 커 보이는 거예요! 나는 내 실직이 아저씨들 문제보다 더 커요!

그 정도는 여기 올 이유가 안 돼요. 다른 이유가 있을걸.

남자 문제. 유부남과의 이룰 수 없는 사랑 이런 거.

!!!

흑!

엉엉엉!

실컷 울어!

여기 가만있어. 소주 사올게.

증말 나쁜 놈이구먼. 헤어지길 잘했어.

최악의 상황에서 인간 본바닥이 나오는 법이여.

한잔 더 해요.

콰콰콰콰

콰콰콰콰

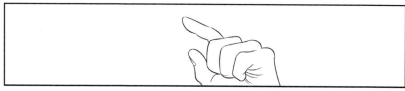

어서 오세요.

아직도 휴가 중입니까?

예.

전에 나한테 하신 말씀이 생각나서 왔어요.

커피 생각나면 2대커피에 오세요.

제가 드릴 수 있는 건 오직 커피뿐입니다.

잘 오셨습니다! 앉으세요.

뭘로 마실까요?

글쎄요.

신메뉴가 나왔는데
추천하고 싶습니다.

아포가토입니다.

에스프레소를
젤라토 위에
부어서 드십시오.

에스프레소
블랜드에
로부스타를
넣었습니다.

로부스타는
아라비카에 비해
맛이 떨어집니다.

우리가 흔히
드립으로
마시는 품종
대부분이
아라비카에
속하죠.

그에 비해 대개의
로부스타는
쓴맛이 강하고
향도 별로 없고
상품성이
떨어지는 탓에
인스턴트 커피에
사용합니다.

247

수박에
소금을 뿌리면
단맛이
더해지듯
로부스타의
거친 느낌이
젤라토의 맛을
끌어올려
줍니다.

그래.
나 대신 네가 빠져라.

푸웃!

으음. 시원해.

맞아.
이게 바로 천국이지.

세상도 이렇게
달콤했으면…

선생님,
아포가토를
처음 시도한
사람은
천재일 거예요.

어떻게 차가운
젤라토에 뜨거운
에스프레소를
부어 먹을
생각을 했을까요?

극과 극은
통한다는 걸로
설명이 될까?

간장게장 집
정리해야겠어요.

저는 조금 더
버텨보렵니다.

저는 인도가
생각났어요.
배낭여행요.

아포가토는
여름 무더위에 만날 수 있는
가장 달콤한 위로.

허영만, 허형만과 커피 한잔 할까요?

대가, 대가를 만나다

만화 경력 40년의 화백 허영만

VS

커피 경력 30년의 바리스타 허형만

뜨거운 햇볕이 내리쬐던 여름날, 허영만 화백은 압구정의 작은 커피 집을 찾았다. 그곳은 바로 '허형만의 압구정커피집'. 이곳은 이미 좋은 원두와 맛있는 커피를 파는 곳으로 커피 마니아들에게 유명한 곳이다. 그가 이곳을 찾은 이유는 무엇일까. 바로 허형만 바리스타를 만나기 위해서다.

허형만 바리스타는 30년 경력의 1세대 바리스타로, 국내 커피 명인 중 한 명으로 꼽힌다. 만화가 허영만이 하는 커피숍이 아니냐는 이야기를 종종 듣는다는 그는 평소 허영만 화백의 팬으로, 그의 작품이라면 한 편도 빼놓지 않고 봤다고 한다. 물론 그들의 인연은 이름이 같다는 것(허영만 화백의 본명은 허형만이다)에서부터 시작되었지만, 사실 그들이 처음 만난 것은 얼마 되지 않았다.

허영만 화백은 지난 4월부터 7월까지, 국내 만화가로는 처음 예술의 전당에서 '허영만展 창작의 비밀'이라는 전시회를 열었다. 그때 그의 오랜 팬이었던 허형만 바리스타가 전시회를 찾아 첫 인사를 나눈 것으로 그들의 만남은 시작됐다. 그리고 앞으로 커피에 대한 자문과 에피소드에 대한 가감 없는 의견을 나누기로 했다고 한다.

이번 대담은 그들의 두 번째 만남으로, 그간의 연재와 커피에 대한 이야기를 나누기 위해 마련됐다. 커피를 그리는 사람과 커피를 만드는 사람 사이에 어떤 이야기가 오갈까 궁금했는데, 역시 대가와 대가의 만남이었기 때문인지 '커피'와 '만화'를 매개로 한 대화의 분위기는 시종일관 유쾌했다.

허형만 선생님, 커피 만화를 그리신 지도 반년이 넘었으니 이제 커피 고수가 되셨겠습니다.
허영만 커피 향이 좋아 종종 핸드드립을 하긴 하는데 아직도 초보예요. (웃음)

자연스럽게 커피에 대한 이야기로 시작된 대화는, 허영만 화백에게 직접 커피를 내려 대접하겠다는 허형만 바리스타의 핸드드립으로 이어졌다. 허영만 화백은 마치 취재라도 온 것처럼 허형만 바리스타의 핸드드립을 유심히 지켜보면서 궁금한 점이 생길 때마다 질문을 했다.

허형만 커피를 내릴 때에는 물이 커피에 부드럽게 닿도록 신경 써야 합니다. 물이 커피에 거칠게 닿으면 커피의 맛도 거칠어지거든요.
허영만 거칠게 닿는다는 건 무슨 의미예요?
허형만 물을 지나치게 높은 곳에서 떨어뜨리거나 물줄기가 끊어지는 것을 말합니다. 커피 입자에 충격을 주면 안 된다는 말이지요. 그뿐 아니라 물의 온도가 너무 높거나 커피 입자가 지나치게 고우면 원치 않던 맛까지 추출됩니다. 과다 추출 되면 커피 맛이 떫고 목이 칼칼해져요.

첫 번째 드립 후, 허형만 바리스타의 조언에 따라 허영만 화백이 직접 두 번째 드립을 해보았다.

허형만 드립은 최대한 가는 물줄기로, 방향은 안쪽에서 바깥쪽으로 해주는 것이 좋습니다. 높이도 균일한 높이에서 물줄기를 떨어뜨리는 것이 좋고요. 특히 첫 번째 드립 후 두

허영만 **VS** 허형만

번째 드립할 때 속도는 천천히, 드립은 촘촘히 하는 게 좋습니다. 그렇게 하면 잡 맛이
안 생기고 향이 좋거든요. 그래서 두 번째 드립할 때의 커피가 가장 맛있습니다.
허영만 생각보다 많은 것을 신경 써야 하는 거였네요. 드립을 여러 번 할 때마다 맛이 달
라진다는 것도 참 신기해요.

허형만 바리스타의 말에 따르면 커피의 맛은 로스팅이 70%, 추출 기술이 30%를 좌우한다고 한다. 그만큼 내리는 기술이 중요하다는 말이다. 두 번째 드립에 이어 다시 허형만 바리스타가 세 번째 드립을 시작했다. 그런 다음 세 번에 걸쳐 차례로 추출한 커피를 150㎖ 정도로 나눈 후 한 잔씩 맛보았다.

허형만 커피는 입에 머금고 세 번에 나눠드십시오. 오늘 내린 원두는 예가체프로, 예가체프는 비옥한 땅이라는 뜻을 가지고 있습니다.
허영만 커피에서 과일향이 나는 것 같네요.
허형만 역시 커피를 자주 드시지는 않지만 예술가이셔서 그런지 굉장히 섬세하시네요. 네, 맞습니다. 예가체프는 꽃향기와 과일 향이 나는 게 특징이에요.

첫 잔을 음미한 후 두 번째 드립한 커피를 마신 허영만 화백이 말문을 열었다.

허영만 첫 번째 내린 커피와 두 번째 내린 커피의 맛이 전혀 다르네요? 허허… 그것 참 신기하네.

꾸준히 커피를 공부하고 있는 허영만 화백도 커피를 내리는 방법에 따라 달라지는 커피의 맛을 직접 맛보며 그 매력에 감탄했다.

허영만 커피의 미묘한 변화를 알아채기 위해 바리스타들은 예민한 감각을 유지해야 할 것 같군요. 특별히 바리스타로서 노력하고 있는 부분이 따로 있나요?
허형만 저는 원래 술, 담배를 했었는데 커피를 시작하면서 완전히 끊었습니다. 술, 담배를 하다 보면 미각이 둔해져서 혀 부위마다 느껴지는 맛에 예민해지지 않기 때문이죠. 특히 칼칼하고 떫은맛을 구분하기가 힘들어집니다. 그래서 안 좋은 원두를 구분하기 어려워져요.

허영만 화백은 허형만 바리스타의 말 한 마디 한 마디를 꼼꼼하게 취재 일기에 적어 넣었다. 40년이 넘도록 작성해온 취재 일기가 오늘의 자리라고 빠질 리 없었다.
허영만 화백은 마지막으로 매번 커피숍에서 좋은 커피를 사 마시기 어려운 독자들을 위해 집에서 커피를 맛있게 만들어 마실 수 있는 방법에 대해 물었다.

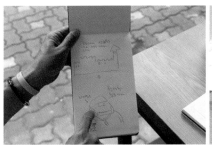

허형만 당연한 말이겠지만 좋은 원두를 사와서 집에서 바로 갈아 먹는 게 좋습니다. 갈아놓은 원두는 공기에 닿는 표면적이 넓기 때문에 향이 금방 날아가거든요. 분쇄기로 그때그때 갈아 마시는 게 최고의 방법입니다. 그리고 남은 원두는 냉장 보관하는 것이 좋습니다. 보관 온도만을 생각하자면 냉동 보관하는 것이 좋은데, 냉동 보관한 원두를 실온에 꺼내두면 금방 물기가 생기거든요. 그러다가 물기가 원두에 들어가면 맛이 변하기 시작해요. 그래서 냉동 보관하는 것은 좋지 않습니다.

허형만 바리스타는 자리를 정리하며 맛있는 커피의 정리를 간단히 내려주었다.

허형만 맛있는 커피는 일반적으로 이렇게 정의합니다. 첫째, 다 마신 후 한 잔 더 마시고 싶은 커피. 둘째, 식은 후에 마셔도 맛있는 커피. 셋째, 입안이 개운하고 목 넘김이 편한 커피. 저는 이런 커피를 좋은 커피라고 정의하고 싶습니다.

허영만 만화도 1편 다 보고도 빨리 2편이 보고 싶은 만화가 좋은 만화인 것이니 커피와 통하는 점이 있네!(웃음) 결국 커피든 차든, 이렇게 좋은 사람들과 함께하는 것이 가장 중요한 것 아닌가 싶어요. 커피를 매개로 우리가 만나 이야기 나눌 수 있다는 것, 이게 가장 즐거운 것 아니겠어요?

수십 년의 경력을 가진 대가들에게는 공통점이 있었다. 아직도 여전히 강고비 만큼이나 뜨거운 열정을 가지고 있다는 것. 커피와 함께한 두 대가의 만남은 한 잔의 커피처럼 따뜻하고 훈훈한 시간이었다.

〈커피 한잔 할까요?〉의
작업실을 공개합니다.

9화
〈손님의 취향〉 취재일기

'노아스로스팅'의 별관 매니저 전민이 하루도 거르지 않고 하는 일이 있다. 바로 청소다. 바닥과 주방 그리고 에스프레소 머신도 예외는 아니다. 머신 청소와 각종 도구들을 설거지하는 것이 여간 귀찮은 일이 아닐 텐데 그는 퇴근의 유혹을 이겨내며 묵묵히 해내고 있다. 이것이 끝이 아니다. 정기적으로 그라인더 내부와 로스팅 기계 그리고 배관 청소까지도 마다하지 않는다. 생두의 질, 최신 기계, 로스터와 바리스타의 실력, 매장 분위기 등 커피 맛에 영향을 주는 요소들은 다양하지만 커피 맛의 기본을 꼽자면 주저 없이 청소라고 말하고 싶다. 커피는 사람이 먹는 음식이기 때문이다. 탄탄한 기본은 맛을 배신하지 않는다. 참고로 전민은 2013년 WCCK Brewers Cup Championship 2위 수상에 빛나는 바리스타다. 그런데 다시 말하지만, 그가 매일 하는 일은 청소다. 의미심장한 대목이다.

프릳츠의 김병기 대표의 도움으로 각종 드리퍼를 사용하여 맛을 비교할 수 있었다. 중요한 것은 같은 원두임에도 제각각 맛이 달랐다는 것이다.

10화
〈커피의 변수〉 취재일기

여느 제품과 마찬가지로 드리퍼 역시 대중적인 브랜드와 소수에게 각광받는 브랜드가 있다. 전자가 '하리오'라면 후자는 '고노'가 대표적이다. 참고로 모두 일본 브랜드다. 고노는 다루기 까다로운 드리퍼로 정평이 높은데, 추출구는 하나로 같으나 하리오에 비해 리브의 수가 적고 짧다. 이는 물 빠짐이 오래 걸리므로 과다 추출의 위험성이 높다는 의미다. 과다 추출된 커피는 잡맛이 나고 텁텁해서 목 넘김이 좋지 않다. 그래서 고노 드리퍼를 사용할 때는 물줄기를 가늘게 조절하거나 물을 한 방울씩 떨어뜨려 드립을 하는데 이를 '점드립'이라 부르기도 한다. 이런 까다로움에도 불구하고 '고노'는 융드립에 가까운 바디감과 감칠맛을 즐길 수 있게 하여 수는 적지만 단단한 지지층을 형성하고 있다. 성향과 취향이 맞는다면 한번쯤 도전해볼 만한 가치가 있다.

극의 긴장감을 불어넣기 위해 강고비의 라이벌 캐릭터가 필요했다. 하지만 라이벌을 극한으로 대립하는 인물이 아닌 선의의 경쟁자로 그리고 싶었다. 천재적인 재능과 전문성은 필수 조건이었고 고비와의 차이를 부각시키기 위해 직설적이며 까다롭고 삐딱한 성격을 더했다. 그렇게 탄생한 캐릭터가 바로 초이허트다. 초이허트를 그리다가 성격 설정만으로는 재미의 한계를 느껴 여러 고민 끝에 목을 삐딱하게 그렸다. 출연 후 '나도 덩달아 목이 아프다' '화면을 돌려서 봤다' 등의 독자 반응을 보고 이 정도면 성공적인 데뷔라 생각했다. 당분간 독자들의 목을 아프게 할 터이니 미리 너그러운 양해를 구하는 바이다.

11화
〈엄마, 힘내세요. 우리가 있잖아요〉 취재일기

아이가 장난감 커피 세트로 커피 타는 시늉을 하더니 급기야 한잔을 정중하게 갖다 주었다.
대견하고 고마운 마음에 소리까지 흉내 내며 맛있게 마셨다. 이날 마신 커피는 아이의 마음
이 담긴, 내 생애 최고의 커피였다.

데미타세(Demitasse)는 프랑스어로 반(demi)과 잔(tasse)을 의미하는 합성어로, 보통 사용하는 잔(4oz＝120ml 정도) 용량의 반 정도라고 하여 붙은 이름이다. 다양한 모양과 크기의 커피 잔이 존재하지만 에스프레소만큼은 데미타세에 마시는 것이 불문율이다. 데미타세는 그만큼 에스프레소의 강한 향과 맛을 보존하는 데 뛰어난 구조를 갖고 있기 때문이다. 데미타세 잔의 압권은 뭐니 뭐니 해도 마신 후 잔 벽에 남는 자국이다. 어떤 이들은 이 자국으로 에스프레소 크레마(crema)의 질을 판단하기도 하고, 어떤 이들은 커피가 남길 수 있는 가장 아름다운 여운이라며 특별한 의미를 부여하기도 한다. 이렇듯 작지만 수없이 많은 매력을 담고 있는 잔이 바로 데미타세다.

12화
〈인사를 부르는 커피〉 취재일기

'프릳츠'는 '노아스로스팅', '후지로얄코리아'와 더불어 〈커피 한잔 할까요?〉의 주요 취재원 중 하나다. 연재를 시작하기 전부터 지속적인 관계를 맺으며 작품 전반에 걸쳐 많은 도움을 받고 있다. 그렇다고 이런 관계 때문에 프릳츠를 이야기에 노출시킨 것은 아니다. 최근 주목받고 있는 스페셜티 커피를 다루고 싶었고, 그 분야에서 가장 두각을 나타내고 있는 곳이 프릳츠였기 때문에 에피소드로 다뤘다.

커피 업계에서도 프릳츠의 위상을 인정하고 있는데, 이는 구성원의 역량 때문이다. 김병기, 박근하, 송성만, 김도현 등 구성원들의 화려한 경력은 실력과 전문성을 보장한다. 마치 영화 〈300〉의 정예 전사를 보는 듯하다. 여기에 더해진 스페셜티 커피에 대한 열정과 노력 그리고 진정성은 커피 업계의 미래를 더욱 밝게 만들고 있다. 이런 성취를 이룬 구성원들의 평균 연령이 30대라는 것에 놀랄 따름이고 그것이 그들의 행보를 주목하는 이유이기도 하다. 수개월 그들을 옆에서 지켜본 결과 스페셜티 커피가 그들을 특별하게 만드는 것이 아니라 특별한 그들 때문에 스페셜티 커피가 만들어진다는 점을 깨달았다.

스페셜티 커피하면 '신맛'이라는 공식이 널리 퍼져 있다. 일부는 맞고 일부는 틀리다. 신맛이 주목받는 이유는 커피에서 최초로 쓴맛 이외에 새로운 맛, 즉 신맛이 발견되었기 때문이다. 하지만 스페셜티 커피를 신맛으로 단정 짓기에는 아쉬운 점이 많다. 일반 원두와는 다른 다채로운 향기와 풍부한 풍미 등 개성이 확연히 드러나기 때문이다. 신맛에 대한 강박관념에서 벗어나야 카페도 손님도 스페셜티 커피가 갖고 있는 다양한 맛과 향기를 탐구하고 즐길 수 있을 것이다.

13화
〈커피 한잔 더〉 취재일기

커피는 술과 더불어 국내외 수많은 지식인들의 생애에 지대한 영향을 끼쳤던 음료이고 지금
도 마찬가지다. 시대를 풍미했던 사상가, 화가, 시인, 소설가의 커피 예찬은 인터넷 검색으로
손쉽게 찾아볼 수 있다. 음악도 예외는 아니다. 누구나 커피가 들어간 제목이나 내용의 가요
나 팝송 하나쯤은 머릿속에 떠오를 것이다. 그중 밥 딜런의 'One more cup of coffee(커피
한잔 더)'는 집시 문화와 커피에서 받은 영감을 토대로 만든 그의 대표작 중 하나다. 이 곡은
구슬픈 멜로디와 애틋한 가사가 커피와 접목되면서 감성의 극한을 보여주고 있다.

커피와 관련된 작품을 제대로 감상하고 싶다면 커피 한잔을 권하는 바이다. 그들이 커피를
마시며 작품을 구상하고 완성했기에 그 작품을 감상하며 마시는 커피는 맛이 남다르다.

커피 값은 꼭 돈이 아니어도 괜찮다는 장면에서 지리 선생님 대사가 나온다. 연재 후 지리 선생님들의 가벼운 불평불만을 듣기도 했다. 밝혀두자면 지리 선생님의 대사는 학교 선생님이었던 친구를 떠올리며 쓴 대사이고, 그는 그림이나 서예를 할 줄 모른다. 지리 선생님들을 폄하할 의도가 없었으니 괘념치 말았으면 하는 바람이다.

14화
〈흉내 낼 수 없는 맛〉 취재일기

최근 사회 전반에 걸쳐 '맛'이 부각되면서 커피에서도 최고의 맛을 추구하고 찾는 이들이 늘었다. 최고의 맛은 최고로 비싼 원두가 결정한다고 보면 된다. 물론 노련한 로스터의 솜씨와 능숙한 바리스타의 추출이 함께한다는 전제하에 말이다. 전문가의 손길을 거치니 그만큼 가격이 높은 것이다. 물론 그들은 고가의 전문 장비를 사용하기도 한다. 커피 잔 역시 마찬가지다. 잔은 두께가 얇고 향을 극대화시킬 수 있는 형태를 지녀야 커피 맛이 극대화된다.

손님들에게도 미덕이 필요하다. 비싼 원두는 특징적인 향기와 다채로운 풍미를 보유하고 있으므로 그걸 충분히 느낄 수 있는 정보와 자세가 필요하다. 그러나 무엇보다 가장 중요한 것은, 커피는 일상생활에서 편안하게 즐기는 음료라는 것이다. 제아무리 비싼 원두라도 선을 넘어 숭배의 경지에 이르게 된다면 커피로서의 가치를 상실한 것이나 다름없다. 결국 최고의 커피란 나와 타인에게 즐거움을 선사하는 커피가 아닐까. 여기에 감동까지 곁들인다면 더할나위 없다. 즐거움과 감동은 가격과는 무관한 문제다.

15화
〈달콤한 위로〉 취재일기

아포가토는 이탈리아에서 유래한 디저트다. '끼얹다' '빠지다'란 뜻으로 젤라토(Gelato) 위에 에스프레소를 부어 먹는 메뉴다. 김치가 그러하듯 아포가토도 원조의 모습에 가깝게 재연하기 위해 애를 썼다. 특히 아이스크림의 경우 미국식 아이스크림보다 이탈리아의 젤라토를 다루고 싶어 '카카오봄' 고영주 대표에게 도움을 청했다.

카카오봄은 벨기에 수제 초콜릿을 국내 처음 소개한 곳으로 10여 년의 역사를 자랑한다. 고작 10여 년에 호들갑을 떤다고 생각할 수도 있겠지만 국내 시장 상황에서 개인이 운영하는 전문점이 그만큼의 시간을 버텼다는 것은 실력과 맛이 검증됐다는 의미다. 그런 카카오봄이 최근 정통 이탈리아 젤라토를 시작했다는 소식을 듣고 주저 없이 취재를 부탁했다.

카카오봄의 젤라토는 쫀득한 식감과 풍부한 풍미 그리고 깔끔하게 정리되는 단맛으로 정의할 수 있다. 일반 아이스크림과는 명확한 맛의 차이를 보이는데 이는 제조 과정과 재료에서 나오는 차이다. 취재 후 카카오봄의 젤라토를 포장해 아포가토를 만들어보았다. 결과는 빙수가 전혀 생각나지 않을 만큼 달콤하여 한여름의 행복처럼 느껴졌다.

이탈리아의 에스프레소 이야기를 하면서 로부스타에 대해 간단한 설명을 붙였다. 아라비카와 비교하여 맛이나 품질이 떨어진다는 내용 때문인지 우려 섞인 반응이 많았다. 나 역시 최근 로부스타의 비약적인 발전에 대해 잘 알고 있다. 최고 품질의 로부스타를 드립커피로 마셨을 때의 놀랐던 기억도 아직 생생하다. 앞으로 이런 경험을 토대로 로부스타에 관한 다양한 이야기를 풀어갈 예정이다.

허영만의
커피한잔
할까요? 2

초판 1쇄 발행 2015년 8월 25일 **초판 17쇄 발행** 2023년 8월 25일

지은이 허영만 **글** 이호준
펴낸이 이승현

편집1 본부장 한수미
와이즈 팀장 장보라
디자인 조은덕

펴낸곳 ㈜위즈덤하우스 **출판등록** 2000년 5월 23일 제13-1071호
주소 서울특별시 마포구 양화로 19 합정오피스빌딩 17층
전화 02) 2179-5600 **홈페이지** www.wisdomhouse.co.k

ISBN 978-89-5913-958-3 [04810]
　　　978-89-5913-917-0 (세트)